カキナーレ

若者の本音ノートを読む

深谷純一［編著］

東方出版

はじめに

「書き慣れ」が、舌もつれて「カキナーレ」――天啓だったネーミング

「先生それだったら私書くよ！」

教室のクラスメイトの視線が一斉にY子に向いた。それまで「文章を書く」ということにあまり熱心とはいえなかった彼女のその一言に衝撃を受けたからだった（ように思う）。それは、もう30数年前、僕が勤務校の高校で、3年生の「文学」の授業をしていた時のことだった。

この日は、授業の最初の日。授業ノートとは別に、もう一冊、普段読んだり見たりした、本、映画、テレビなどの感想を自由に書き留めるノートを持つように話していた。「そこでだ、このノートに名前をつけたいのだが、どんな名前がいい？　目的は文章に書き慣れるためだ」

授業でこんな提案をするのは初めてだったため、かなり力をこめて言い続けていたのだろう。「書き慣れ」「書き慣れ」を連発しているうちに、舌がもつれて「かきな〜れ」と言ってしまったのである。ここから先はもう成り行きだった。黒板に「書き慣れ」→「かきなれ」→「かきな〜れ」と書き、「どうせならイタリア語っぽくカタカナで『カキナーレ』にしよう」と提案した、のである。

だが、返ってきた反応は「ウソー」の大合唱。が、その時だった。「先生それだったら私書くよ！」というY子の一言が飛んできたのである。

翌日、彼女は大学ノートに普段とは違った整った字で「銭湯の思い出」という随想文を書いてきたのである。その文章には、町内の銭湯を巡っての自身の変化や、さらに、地域で銭湯が果たしてきた役割、そしてそれが減少していっている現状（つまり地域社会が消滅しつつあること）を、具体的に描写したものだった。（212ページ参照）

僕は、すかさず彼女の作品をワープロで打ち込み、翌週の授業で全員に配った。配った途端、全員食い入るように読みふけった。その教室風景を今も忘れない。

思い返せば、この「カキナーレ」というネーミングは、天啓だったのである。というのは、このネーミングによって、生徒たちは、これまでの学校作文の呪縛から解放され、内に秘めていた表現への「意欲」を喚起させたからである。

論より証拠。実際の作品を見てもらいたい。例えば、次の作品などは、カキナーレ作品の典型である。

「ジョーシキ」　（96年高3女子）

朝。／満員電車の中で。／朝っぱらから／隣の車両までとどくくらいの匂いをプンプンふりまいた女の子が、／『これだけはジョーシキ』という本を読んでいた。／「しっかり読めよ。」と思った。

（96年高3年女子）

「夫婦茶碗《みょうとぢゃわん》」

おじいちゃんただ今72歳。極めて健康なり。おばあちゃんただ今70歳。これまた極めて健康なり。／そんな健康なじじばばは、健康が故、未《いま》だにケンカ。／あれ大変！／じいさんがばあさんの夫婦茶碗を割ってしまった。健康なばあさん、怒りまくって、今度はじいさんの夫婦茶碗も割ってしまった。

「おまえとは口きかん！」ガンコじじい。

「こっちのセリフだ、ジジイめ」暴言ばばあ。

翌日、朝食のテーブルを囲むじじとばば。手にはしっかり新しい夫婦茶碗。しかし、二人はケンカ中。／夫婦の愛ってこういうふうにできている。

どんなご感想を持たれただろうか。書きたい時に書く。書きたい事を書く。文体は自由（日常語もOK）。提出期間は一年、提出はいつでもOK。発表はペンネーム。ウソもいれてよい等々。これまでの学校作文では全く考えられないような作文条件が、彼女たちの心を突き動かしたのである。彼女たちは、カキナーレによって、初めて「書く楽しさを体感」し、「うそもOK」の自由さで本心をも晒《さら》してしまったのである。以後、退職するまでの8年間、毎年生徒たちと「カキナーレ」（作文とは言わなかった）を共にした。
カキナーレを書籍化したのは、01年（『カキナーレ　女子高生は表現する』東方出版刊）と、10年（「姉妹編・カキナーレ」自費出版）の2回である。
高校を退職後、大学の非常勤講師となり、そこでもカキナーレの実践をした。今度は、指導者として生徒を教える立場になる学生にカキナーレを書いてもらったのである。テキストは、女子高生たちが書いた「カキナーレ本」であったが、学生達は、数年前の高校生に戻って喜んで書いてくれた。（本書の大学生のカキナーレ作品はその時のものである）
大学で教えていた時、毎日新聞京都支局長Sさんから「カキナーレの文章に先生のコメントを入れたコラムの連載をやってみませんか」というお誘いを受けた。僕は喜んで引き受けた。というのは、以前、カキナーレの実践をしていた時、職場の若い教師から「先生は生徒の褌《ふんどし》で相撲取ってますね」と言われたことがあったからだ。それ以来、僕の心にこの言葉がひっかかり、彼の言を撤回《てっかい》させるためには、何としてもカキナーレ作品に対する僕自身の文章（感想・批評など）を書かねばなるまい（むしろ書いてみたい）と考えるようになっていた。だから、喜んでお引き受けしたのだが、連載を続けていくうちに、作品と僕の文章が響き合って不思議な調和を醸《かも》し出していくように感じられた。換言すれば、両者が一体化することで、カキナーレという創造的文章は完成したように思った、のである。とは言え、いずれにせよ、生徒作品がなければ相撲がとれないことには変わりがない。だから、「生徒の褌で相撲」論争（？）は、読者の皆さんの判断を待つしかない、のである。

連載は、08年5月から月2回の掲載で「若者の本音ノート・カキナーレ」としてスタートし、合計146回、6年の長期にわたった。

本書は、その連載の一部を書籍化したものである。書籍化に際し、「生きる・わたし」「家族」・「恋愛・教師・友達・バイト」・「日常」・「社会一般」の5つのジャンルにわけた。

コロナ禍で自粛生活を強いられている今こそ、時代を超えて発信された若者たちのホンネに耳を傾けてもらえれば、これに越した喜びはない。

新緑のまぶしいカキナーレ庵にて

深谷純一

カキナーレ✣目次

Ⅱ 家族編

Ⅲ 恋愛・教師・友達・バイト編

I

生きる・わたし編

✣ 彼女の雄姿 ✣

（99年高3年A子）

「負けられないこと」

顔には出さないが私はかなりの負けず嫌いだ。私の家から駅までチャリンコで10分かかる。そこは私のテリトリー。私の前に誰かチャリで走っていたらどんなに間があいていても必ず追い抜くことにしている。（略）

ある日の夜だった。チャリのイスが壊れていたのでこぎにくく、もたもたしていたら途中で何者かに追い抜かされてしまった。これには私のプライドが許すはずはなかった。そいつは後姿からすると予備校生っポイ感じだった。奴《やつ》も負けず嫌いのように見える。結構速いスピードを出している。若い男だから当然だが。それでも何とか奴を追い抜いた。しかし、チャリをこぐ奴のペタルの音は一向に遠のいていく様子がない。背中に猛烈な競走意識を感じる。奴も又プライドが高いようだ。（略）そうこうしているうちに、ついに家まで三分の一地点にさしかかった。

最初に上り坂がある。私はペダルをフル回転して加速をつけた。それから足に思いきり力を入れて座ったまま上った。もし、ここで立ち乗りなんかしたら、短いスカートを見せびらかしてサービスすることになる。しかし、その時、恐れていたことが起こった。坂をあと少しで登り切るところで抜かされたのだ。橋を渡りながらもう止《や》めようかと思った。が、ここで止めたら自分にまで負けてしまうことになる。橋を渡り終えた。今度は大きな下り坂だ。思いきり前かがみさして坂を下りる。このチャリンコは下り坂ではすごく速くなる。距離が縮まってきた。下り終わってから間もなく加速がついてペダルをこいでもこいでも空回りするぐらいになった。その加速地点で、とうとう奴を抜き返した。すでに息は切れ切れで口で息をすると「ハアハア」と言ってしまう。それではダサイ。無理矢理鼻で呼吸しながら、「私のチャリは、段替え出来へんけどお前のは、段変えできるやろ。それやのに抜かしてるなんてすごいやろ。」とテレパシーを送った。

家まであとわずか、私は片手を離して時計を見た。もちろん、片手乗りする余裕をアピールするためだ。ついに、ゴールに到着！

あきらめないでよかった。少し、自分に自信がついた気がした。

プライドかけたチャリンコ勝負

今回のカキナーレは、新年にふさわしく、元気でパワフルな女子高生の作品だ。駅から家までの10分ほどの道を、予備校生らしき男の子と自転車で抜きつ抜かれつの大接戦の末、勝利するという単純なお話だ。

だが、読み進めるうちに、彼女にとってこの勝負は、単なる勝ち負けではないことが明らかになってくる。つまり、この勝負、とりわけ自分のテリトリー内での勝負。これに負けることは「自分にまで負けてしまうこと」と考えている点が重要だ。言ってみればこれは、彼女のアイデンティティーの問題なのだ。
だが、正直言ってこの勝負、どちらかと言うと、彼女の勝手な思い込みから始まったような競争に思える。ひょっとしたら男の子は、彼女と競争している意識など、なかったかも知れない。だが、彼女はそんなことおかまいなし。一途にこの勝負に「自分を賭け」てペダルをこいでいる。とは言え、一方では、若い女の子らしく、短いスカートを見せびらかしてサービスすることにならないように、決して立ち乗りなどしない。また、相手を抜き去った後も「ハアハア」とダサイ息づかいにならぬように、口でなく鼻でしているところなど、なんとも微笑ましいではないか。
もし「青春とは何か」と問われたら、僕は即座にそして文句なく答えるだろう。
彼女のこの「勇姿」を見よと。

（新聞掲載日　11・1・6　60回目）

✣ ガリバーちゃんの時代 ✣

「ミクロ願望」

（00年高3年A子）

「これからはカッコイイ女の時代」だなんていうけれど、男はやっぱり小柄でカワイイ女の子が好きだ。守ってあげたくなるような、そんな子がスキにちがいない。

世間では、背のちっこい子のことをミクロちゃんといい、デカイ子のことをガリバーちゃんと言う。間違いなく私はガリバーである。どこをどー見てもどーがんばってもお世辞でもミクロにはなれない……。

「高い方がカッコイイてぇ〜」なんて、かわいらしく言われても、どう考えてもミクロの勝ちである。なんたって世の男どもは絶対にミクロのほうが好きだからだ。私みたいにデカけりゃかわいげもくそもあったもんじゃないし、このデカさで「とどかなーい」なんて甘えた声を出そうもんなら、ソッコーつっこまれる。男の子も自分よりデカイ彼女を抱きしめるより、ちっこい子を抱きしめるほうがいいってもんだ。それに身長を気にして、ハヤリの厚底ブーツなんてとんでもないし、私の中の「条件」を満たす男の人を探そうとするなら、半分ぐらいの男は「論外」となって消えてしまうのだ!!

なんたって「私より10センチは高い人がいいなー」なんて言ったって、そうそういるはずがないんだからっっ!!　もうイイコトなし。

唯一、背が高くて良いことといったら、満員電車の中で何の苦労もなく呼吸できることくらいかな。なんたってガリバーちゃんだし。ひょっとしたらそこらのおっさんよりデカイんだもん。また、これもかわい気なくて、いやんなっちゃうけどね。

はあ、一度でいいから、「とどかなーい」なんて、甘えてみたいものだ。そう思いながら、今日もすれちがう背の高い男の人に目を光らせる私である。

社会活性化に女性の力

「21世紀は女の時代」と言われたが、ロンドンオリンピックでの日本女子選手の活躍を見て、一瞬そんな気がした。中でも、柔道の松本薫選手の野性味溢れた表情は、その象徴のように思えた。今回のカキナーレは、そんな「女の時代」の到来を予感するものだ。

A子さんが高校3年だった2000年は、「これからはカッコイイ女の時代」というコピーが飛びかった。その象徴として背の高いモデル達が雑誌・テレビに登場した。と同時に、コギャルと呼ばれた女達の間で流行ったのが超厚底サンダルだった。これを履けば、足も長く見えかっこよいと思われたからだ。

今思えば、コギャル達が超厚底サンダルを履いて自身を巨人化する現象は、「男の価値観」から脱して自らの価値観で生きようとする「女の時代」の幕開けだったような気がする。

そんな女性の一人がA子さんだった。確かに、彼女は「ミクロ願望」やガリバーであることの悩みを書いてはいるが、その一方でそんな自分を戯画化し笑い飛ばす余裕があった。最後の一文なんかにはこれから自立していこうとする女の意気込み、「女の時代」すら予感される。

それから十余年、「背の高さ」に象徴される女性への偏見は、ずいぶんとなくなった。確か数年前の朝ドラ「ゲゲゲの女房」に出演した松下奈緒という女優さんの身長は173㎝と聞いたが、実にかっこよかった。それに最近では「頼りがいがある」といってガリバーちゃんを好む男の子もいるという。その背景にはさまざまな理由があるが、何と言っても、社会が、活力を失った現代日本を活性化する担い手として女性の力を必要としたことが大きい。草食男子・肉食女子の流行語もそんな社会状況の中から生まれた。

ところで、十余年の間に前進した「女の時代」も「政治」の世界ばかりは例外だった。だが、最近の脱原発デモ参加者に女性、母親達が多いという。こうした生活と密着した活動が、意外と早く「政治の世界」に「女の時代」をもたらすのではないか、と思った。

（新聞掲載日　12・9・13　101回）

✣ 女子学生はパワフル ✣

「ヒール」

（07年大学2年A子）

ヒールは女のプライド。
コツコツ。
高くてコケそうでも、何ともないって顔で歩く。痛くて止まりたくても、我慢して引きずって歩く。

折れそうになっても。

少し休憩して、また歩く。

ただ、好きな人の前でだけ脱ぎ捨てて血がかよっていくのを感じる。


（07年大4年B子）

「女心？」

GWで久しぶりの友だちといっぱい喋《しゃべ》った。女同士の会話なんてほとんどが恋愛の話。

…貢ぐチャン…が多い。

「月2万5千円ずつ渡して、毎日メールして、たまにご飯に行く。この間8万のアクセサリーを買ってあげた。彼氏とかじゃないよ。恋愛関係でもない。でも彼の喜ぶ顔が見たいの。」

「可愛い年下の男の子飼いたいな〜。ほしいもの何でも買ってあげるし、家にいて、おかえりって言ってくれるだけでいい。家事とかしてくれたら最高。癒されるわ〜」（略）

もう信じられない!!

けれど、彼女たち曰《いわ》く。

「彼のために頑張って働いてる自分が好き。」

弁解しておくが、私、まともな友だちもちゃんといます。

現実的にしたたかに／逡巡する男子と対照的

女子大生は元気がいい。一般的に男子より学習するし、毎日の暮らし方もパワフルだ。ウーマンパワー以来、「女らしさ」の規制がとれたことが大きいが、かといって「女らしさ」を捨て去るのでなく、より一層「女である」ことを生かした（利用した？）ライフスタイルを楽しんでいるところが、したたかだ。男子学生の多くが、現在・将来に不安を抱えて逡巡《しゅんじゅん》している姿に比べると、対照的だ。

なぜ彼女たちが元気なのか。その理由は明白だ。一般的に男性に比べ女性の関心事がとても現実的だからだ。その一例がA子さんの作品に見られる。A子さんは、ここで具体的な物である「ヒール」を女性のプライドの象徴としている。それゆえ、彼女はヒールがどんな状態になっても人前では脱がないのである。それが、同時に女の矜持《きょうじ》を守ることにつながるからだ。このように女性のプライドを象徴するものとして「化粧」「服装」等が考えられる。こう考えると、女性には男達に比べ実に多くの具体的課題があるといえる。これでは、抽象的なことをあれこれ悩んでいる男子学生が太刀打ちできないのは当然だ。

B子さんの「女心?」には、そんな現代の女子大生の究極の姿が活写されている。「男に貢ぐ」女。といっても、自身の癒しのため、いわばペットを飼う感覚での「貢ぎ」である。彼女らには「男」もまたアクセサリーの一つとして写っているのだろうか。そんな不安を和らげてくれるのもやはりB子さんの最後のことばだった。

（新聞掲載日　08・6・27　3回目）

✣ 危うい男子大学生 ✣

「気持ちは少年、体はオッサン」

（05年大学1年・N君）

高校を卒業して、うかれて入った大学がこの大学だ。友だちは……おもしろくて楽しい。しかし、勉強にはついていけないここ最近。／レポートってなに？　どないするん？　誰か写さして。そんなこと思いながら、もうすぐ1年。何も変わってない自分。嫌になってきた。／入学して2日目で仕事したらよかったって思った。マジで‼　自分の考え方をこれから変えていかないと犯罪しそう。（笑）／もうすぐ20歳。どうしよ。気持ちは少年、体はオッサン。これからも後悔していく日々を送るだろう。

「心の奥の声」

（05年大1年・K君）

なんとなく過ぎていく日々／なんとなく体を預けるだけで／無理してここまでやってきた。
たぶんこれからもずっと同じやと思う。／それでも　なにかを信じたい。／信じれたらいいなぁ。

心を写す文章力を／冷静な目で内面を直視

大学生を相手に授業を始めて丸5年になる。おぼろげながら彼ら（主に男子）の姿が見えてきた。一見明るく元気そうに振る舞う彼ら。しかしその内面は結構深刻だ。それを教えてくれたのが、カキナーレだった。

大学で教え始めて2年目のこと。純情そうな好青年のN君が一編のカキナーレを持ってきた。それによると、N君はこれといった目的もなく大学にきた。それで入学2日目、早くも入学したことを後悔する。だが、すぐに辞めるわけにはいかず、ずるずると過ごす。だが、何も変わっていない自分に愕然《がくぜん》とする。そんな自分をこのままだったら「犯罪しそう」と苦笑する、という内容だ。

実は今の男子学生の中にはこんな学生が多いのである。「心の奥の声」を書いたK君もその一人である。ある意味で彼らは危うい存在である。が、幸いというか、文章という表現手段を獲得している彼らに心配はない。なぜなら、彼らは自身の内面（うっ屈・いらだち・不満など）を文章力によって冷静にとらえ直す目を獲得しているからだ。N君でいえば、最後に「気持ちは少年、体はオッサン」と自身を捉えている点に注目してほしい。

昨今、若者の殺人事件が多い。その原因としてますます激化する競争社会が生み出すストレスがあると言われるが、とりわけ、ストレスをまともに受ける男子の苦悩は深い。

もし気軽に自身の心のうちを表現する文章力を彼らが持っていたならば、と思うことしきりである。

（新聞連載日　08・6・13　2回）

✣ 想像力 ✣

「ミミズと遅刻」

（98年高1年A子）

今朝、学校に来る途中でミミズを見つけた。自転車だったので降りて、しゃがんでずっと見ていた。そして、私は思った。こんな道の真ん中にいたらひかれるじゃないだろうか……、と。手でつかんで端に寄せてあげてもよかったけど、あまりにも一生懸命だったので、そのミミズが移動するまで見守ることにした。ミミズが無事移動するのを確認して、私はまた自転車をこぎ出した。ミミズのことを考えながら走っていると気分が良かった。

学校に着いたら、すでに朝礼が終わっていた。

「ファンタジー」

（00年高1年B子）

幼い頃《ころ》、信じていた二つのファンタジーがある。一つは、巻き貝の中から聞こえるあの不思議な音。親戚《しんせき》のおじさんが「この貝に耳をあてると波の音が聞こえるんだよ」と話してくれた。海に行ったことのない私はこの貝は広い海へとつながっているんだと胸をわくわくさせた。

もう一つは、小学校の教科書に載っていた詩。お母さんが小さな女の子に、お母さんの目を見てごらんと言う。女の子が不思議そうにお母さんの目を見つめると、その目には美しい山々の風景が映っていた。女の子は「お山が見える！」とうれしそうに言う。お母さんは「これは昔お母さんが行った所なのよ」と言う。

私はこの詩を読んで「お母さんは心の中で思った景色を自分の目に映すことができるんだ！！」と、空想の世界へ入ってしまったのだった。

それから数日後。お母さんに「心の中の景色を自分の目に映せる？」と聞いたら「そんなことできるわけないでしょ」とあっさり夢を壊されてしまった。でも、私はしばらくの間、映せる人と映せない人がいるんだと信じていた。

平凡な日常を豊かに

以前、児童文学者のあまんきみこさんから、人は誰でも幼いころの喜びや哀《かな》しみを、心の芯《しん》にもって生きている。その心の内にはみんな幼年時代や子ども時代をしまっているはず、それがファンタジーの世界に誘ってくれる、というようなお話をお聞きしたことがある。その話を聞きながら、ああ、あまんさんは、きっと子どもの心を持った大人がもっといてほしいんだな、と思ったものだった。

では、ファンタジーの世界を共有できる心とはー。あまんさんは、ウイリアムブレイクの詩で説明して下さった。

一粒の砂に世界を見／一輪の野の花に　天国　を見る／掌《たなごころ》　のうちに無限をつかみ、一瞬　に永遠

を知る
つまりは想像力。これこそがファンタジーの命であると。考えてみれば、想像力には、平凡な日常を豊かにしたり、人間中心の世界観から抜けだし動植物や物質等を思いやる力がある。それを示してくれたのが、道を渡りきるまでミミズを見守るA子さんや幼い頃に二つのファンタジーに心を馳《は》せたB子さんだ。
A子さんの「ミミズのことを考えながら走っていると気分が良かった」には、小さな生きものへの愛情があふれているし、「私はしばらくの間、映せる人と映せない人がいるんだと信じていた」のB子さんには、純粋な心から生まれた直感力が読み取れる。
教育の世界においても、目に見え数値化されるものが優先される昨今、ファンタジーの世界に思いを馳せ、本当の教育とは何かを考えてみることも必要だ。

（新聞掲載日　09・7・23　27回）

✣ 私、結婚できるかな ✣

（02年高3年A子）

「結婚」

ある日、私はふと考えた。「私って結婚できるんやろうか？」

どうでもいいと思われるかもしれないけど、これは私にとって、とても重要なことだった。私には女らしいところがない。女としての魅力がないといつも思っている。そんな私が男の人を好きになって告白しても……というより、いつも告白までいかない。だってあきらめてしまうから。

ある時、人生と恋愛の先輩である母に私が結婚できるかどうか聞いてみた。すると母は「世の中には物好きな人もいるから結婚できると思うで」と言った。ちょっと安心したが、私は物好きに好かれるような女なのかとも思ってしまった。

「なんでお母さんはお父さんと結婚できたの？」と私が聞くと、母は「そうやね、お父さんは物好きやったからじゃないの？」と答えた。とすると、物好きに好かれた母から生まれた私ということになる。

私が結婚できるかどうかまだ分からないけど、私を好きになってくれる物好きを探せばいいんだと思った。

「結婚への不安」

（99年高3年B子）

私は将来、自分のダンナ様がオナラをしたら「もう、お父さんたらっ！」と言って笑い飛ばすことができるだろうか。私は将来のダンナ様の後にトイレに入り、異臭がしたら平然としていられるだろうか。たぶん、ダンナ様のイメージがガラガラと崩れてしまうと思う。それでなくても私は好きな人には必要以上にクリーンなイメージを持ち、王子様の様に思ってしまうのに、オナラなんかされたら、もう、奈落の底に落ちてしまうだろう。と思うと夫婦ってスゴイ！！。

私は夫婦を見るたびに〝ああ、この人らはオナラを乗り越えて愛しあってはんのかなあ〟と思ってしまう。それとも、もう恥じらいもへったくれもないのだろうか。愛してる人よりも、中くらいだけ好きな人と結婚した方がいいとよく言われるけれども、こういう理由からだろうか。

（略）／とにかく夫婦というのは、すごいなあ、やっぱり今の私には未知の世界だなあ。

未来の夫は「物好き」な人？

結婚しない男女が増えている。だが、彼らは決して結婚を拒否しているわけではない。むしろ、高校ぐらいまでの女の子の結婚イメージは、結婚にあこがれながらも妙に現実的なところがある。

その典型がA子さん、B子さんである。果たして自分を好きになってくれる相手が出てくるだろうか、という不安は、この時期の女の子には多い。大人はこんな時、どんな励ましをしてやれるか。その点、「世の中には物好きな人もいるから結婚できると思うで」というA子さんのお母さんのフォローは分かりやすい。俗に「あばたもえくぼ」などとも言うが、「物好き」の方がインパクトがある。それに、母親自身も「物好きのお父さんに好かれて」結婚したと言うのだから説得力がある。最後の「私を好きになってくれる物好きを探せばいいんだ。」の一文には、むしろ自信さえ感じられる。

B子さんの結婚への心配は、オナラである。自分のでなく相手のオナラに限定しているところが、乙女の恥じらいを感じるが、その割に妙に現実的なのは、両親の姿がモデルになっているからだろうか。とはいえ、女子高生にとって王子様との結婚生活と両親のそれとのギャップを埋めることは難しい。まして、結婚30年後の夫婦間のオナラが、健康のバロメーターになっているなんて想像だにしないだろう。そう思うと、確かに夫婦ってすごいし、結婚とは未知なる世界である。だが、A子さん、B子さんのような女の子はきっといい結婚相手が見つかるだろう。

（新聞掲載日　09・12・3　35回）

❖ 大人の仲間入り ❖

（08年大2年A子）

「二十歳」

スラっとしてて
色白くって小顔。
隣にはかっこいい
スーツが似合う彼氏。
金曜日の夜は
お洒落《しゃれ》なお店で乾杯。
週末は友達と高島屋でお買い物。
そんな理想の二十歳の女。
あと2ヶ月。がんばれあたし。
とりあえず、痩《や》せて。

「選挙」

（10年大2年B子）

今日生まれて初めての体験をした。自分が20歳になったという実感が一番沸いた出来事。その体験とは……選挙だ。

運よく実家に帰省中だった私は、期日前投票に行った。以前は「私が誰かに一票入れたって大して変わんないでしょ?」って内心思っていたが、今回初めて選挙を体験して「一票の重さ」を実感した。初めての体験だったから、ドキドキした。

選挙の開票が楽しみだ。私以外の国民はいったいどういう意見を持っているのか?今までどこが勝つかに重点を置いて見てきたが、今回は少し違う感じがする。みんなは何を望んでいるのか?少数派にも票を入れる人がいるってことは、誰かがその党にまたはその人物に何かをしてほしいと思っているということだ。だからマニフェストには注目した。新聞とかニュースとかもたくさん見た。ホントにこの人は出来るのかな、とか考えた。ちょっと前までは考えられなかったけど。あたしも少しずつ大人の仲間入りをしてるんだなって感じたときだった。

意識の変化頼もしい

最近の大学のキャンパスを歩いて目につくのは、綺麗に化粧し流行のファッションで颯爽《さっそう》と歩く女子大生の姿だ。そんな彼女達から少し離れて歩く男子学生がいかにもおとなしく見える。年配の方が見られたら隔世の感がするだろう。

「最近の学生はおとなしい」といわれだしてからずいぶん時間が経つ。60－70年代の大学では学生運動が吹き荒れ、学生たちの政治的関心は強かった。が、80年代以降、豊かさの中で育った学生たちの関心は、趣味、ファッション等の個人的なものに向かった。大学にはノンポリ学生やファッショナブルな女子大生があふれた。初めの、08年のA子さんのカキナーレには、そんな女子大生の一面が見られる。A子さんにとっての20歳のイメージ。それはモデルのようなスタイルでカッコイイ彼氏と一緒にお酒を飲み、週末にお買い物をすることだった。

だが、こうした女子大生（もちろん男子学生も）のイメージは、どうも昨年辺りから変わりだしているようである。その背景に、格差社会、若者の就職難、年金制度存続の不安等々、将来への不安に覆われた日本社会があることは言うまでもない。その結果、昨年36年ぶりの政権交代が起きた。若者の意識は確実に社会の方に向き出したようである。

今年20歳を迎えたB子さんもその一人だ。B子さんが20歳を実感したのは、今年7月の選挙だった。それも、〝私以外の国民はいったいどういう意見を持っているのか？〟〝少数派にも票を入れる人がいるってことは…〟と、他者への関心が生まれていることに注目したい。社会はさまざまな考えを持った人間の集合体。その中で生きている自己の発見。これこそ、大人の思考といってよい。

「少しずつ大人の仲間入りをしてるんだなって感じた」の言葉は、何と頼もしい。

（新聞掲載日　10・9・23　54回）

✣ 違う自分に出会うとき ✣

「スターになった日」

（00年高3A子）

この夏、東京からやって来た従姉《いとこ》が舞妓《まいこ》になりたいと言ったので、仕方なく体験舞妓スタジオへ連れて行った。親戚の叔父、叔母そして母も一緒に行くことになった。

何事にも新らしもの好きでチャレンジャーな従姉だったが、一人でやるのはいやと言うので、結局私まで舞妓姿になる羽目になってしまった。でも、興味が少しあったので、とりあえずスタジオの中に入ってみることにした。が、あっという間に舞妓に変身させられてしまった。顔は真っ白にしてカツラをつけ着物を着せられたのだ。今思えば、あの底の高い履き物をはいた私は、一五センチのヒールサンダルを履《は》くコギャルを越えていたことになる。たいしたものである。

変身後、散策もできるということだったので叔父の車で、平安神宮へ行った。途中、カツラが重すぎて大変だった。神宮の中に入った途端、観光客のカメラの一斉放射を浴びた。観光客と一緒にカメラにおさまったりして一躍スターになった。同行していた叔母達はひたすら「時間がないから」と大声で叫んでいた。まるでマネージャーである。従姉は嬉しそうだったが、私は最初から恥ずかしかった。

帰り道でも道行く人みんな、芸能人を見るような目つきで私たちを見ていた。そりゃそうだろう。鈴木その子*も顔負けの、顔白なのだから。その顔は自分でも怖いくらいだった。
でも、不思議なことに人はそれなりの格好をすれば、自然それに応じた振る舞いをするようになるものだ。日常からひょいと全く違う体験をするということは、こんなにも感情も感覚も変わってしまうものなのか。
着物は苦しくて思うように動けなかったし、カツラも重かった。それに今まで履いたこともない履き物で何度もこけそうになったが、一瞬でも違う自分に出会えたことは良い経験だった。

*鈴木その子……1990年代後半、肌を傷めずに美肌を作る「美容理論」のもと、自ら「美白肌」を実践し「美白の女王」と呼ばれた。

舞妓姿で気分も〝変身〟

11月は、どこの観光地もシーズン真っ最中。とりわけ紅葉の京都は観光客でにぎわっている。そんな観光客、とりわけ女性達に人気があるのが、舞妓体験のようだ。清水寺、平安神宮等の社寺に行くと、かなりの舞妓さん姿の女性達に出くわす。年令はＯＬから熟年まで幅広い。これが、今回のカキナーレに出てくる体験舞妓の女性たちだ。Ａ子さんと従姉さんが舞妓体験をしたのは、今から10年前の00年の夏。貸衣装業者の話では、丁度その頃から舞妓体験希望者が増加してきたとのこと。
ところで、観光客たちはなぜこれほどまでに舞妓体験をしたがるのだろうか。Ａ子さんのカキナーレにはその理由の一端が書かれていて興味深い。彼女は最初、舞妓姿になることが恥ずかしかったが、周囲の人達の視線をあびるうちに、いつの間にかそれらしくふるまう自分に気づく。そして、そんな自分の心理を分析する。つまり、舞妓という非日常体験は、恐ろしい程、人の感情も感覚も変えてしまうもの。換言すればそれは「違う自分に出会う」ことなのだと。舞妓体験をする観光客もまた彼女の心理と同じと考えて間違いなかろう。

が、京都にくる観光客にはもう一つ、京都生まれの彼女とは違った別の要因が働いていることを忘れてはならない。それは、言うまでもなく、日本人の文化・歴史の凝縮された町―非日常空間―としての京都である。

一般に「日常から抜け出したい」「別の自分と遭遇したい」というのが観光客の心理だが、そんな彼女らの思いを満たしてくれるのが、千年の都・京都なのだ。しかもその上、舞妓体験ができるとなれば、日常の自己からの二重の脱出となる。

そう考えてくると、「そうだ、京都、行こう」のＪＲのコピーは、一般旅行者、とりわけ女性達の心理をつかんだ秀逸な作品だ。

（新聞掲載日　10・11・18　57回）

✣ 達成感を楽しむ ✣

（2編とも、98年高3年A子）

「私の夢はプロレスラー」

実はひそかにプロレスを習っている。ちょっと変わっているかも知れないけど、私はプロレスラーになりたい。順調にいけば今年高校生女子レスラーの誕生か？ そのために今、基礎をみっちり練習中だ。受け身はもちろんのこと、腕立て、腹筋、スクワット、ブリッジ、バーベルをしまくっている。今は慣れたが、最初はひどいもんだった。特にバーベルなんて10キロ（おもり無しの棒だけ）すら持てなかった。非力だった。（略）「もうやめたいーっ、あかんわ。」って何度思ったことか。毎日半泣きだった。

そして、2ヶ月後の現在、うれしい事に25キロのバーベルを持てるようになった。あきらめなくてよかった。（略）それでもいい気になってはいけないが、〝人間やればできる〟ってことが、高校3年になって初めてわかった。初めて全身で実感した。自信がついた。未来の私は原っぱで駆けるようにリングを駆ける。

そしていつかは有刺鉄線デスマッチかな。

「プロレスごっこ」

今日、ジムでプロレスごっこをした。〝ごっこ〟だから本番の試合ではなく3分一本勝負と時間も短い。(略)いつもなら1~2試合だけだがこの日は違った。やけに私は燃え、ヤル気満々だった。相手をむちゃくちゃ蹴りまくっていた。調子もよく、プロレスラーでもあるK先生に「おっ、今日いい動きしてるじゃないか。ガンガン行け。」と言われ、この日6試合もしてしまった。私はお調子者だ。さすがに5~6試合目には死にかけていた。

試合終了後、鏡を見て驚いた。汗はぶうぶう、髪はバサバサ、おまけに鼻血まで吹き出ていた。それに体はアザだらけだった。まさに〝虐待児状態〟だった。自分でもその姿にはビビってしまった。試合は、6試合とも引き分けだったが、ものすごく楽しかった。

プロレスサイコー。でも、親が今日のこんな私の姿を見たらなんて思うだろう。

真の人間力の芽生え

女子レスリングというと、ロンドンオリンピックの金メダル吉田紗保里等の活躍で、今では国民にもなじみになった。しかし、A子さんが高校生だった頃は、まだ女子には「ちょっと変わっている」スポーツに見られていた。正直、僕もこれを読んだ時、なんで将来の夢がプロレスラーなの、何も女子がバーベルを上げたり、髪をバサバサにし鼻血まで出し体をアザだらけにしてまで試合をやることはないだろう、と思った。信じられなかったのである。

今思えば、僕がこうした反応をしかできなかったことの一因は、「女の子＝庇護すべきもの」といった前近代的な思想の残滓を引きずっていたからだ。だが、女子高生である彼女の中には、既に今日の女子力につながる意識が、芽生えていたのである。それは、「〝人間やればできる〟ってことが、～全身で実感した。自信がついた」という、男女差などといったものとは無関係の真の人間力だ。厳しい訓練の結果の達成感。それを喜び、楽しむ心。その一方、最後の一文で、そんな自分を客観的に見ている彼女の冷静さも見逃せない。

卒業後の彼女だが、医療系の専門学校にすすんだ後、介護施設に就職、それから間もなくにやさしい男性をゲットした。プロレスラーにはならなかったが、今、旦那さんや子どもを叱咤激励しながら、日常という「リング」を駆けめぐっていることだろう。
＊アテネ大会（04年）で初めて女子レスリングが正式種目になる。
（新聞掲載日　12・11・22　106回）

化粧で埋める理想と現実

（07年大2年A子）

女子は高校に入ったあたりから化粧をし始めます。学校でダメとか言われつつも、こっそりと。二重《ふたえ》にしてみたり眉描いてみたり。

つまり自分の顔をつくりあげてゆくのですね。こういうのがアタシのなりたかった顔で、これがアタシ自身なの。と理想と現実の境を埋める作業なわけです。最初はビューラーでまつげ上げて、あーなんか目おっきくなったみたい、あたりから目覚めだします。でなんか目元が寂しい気がして塗りつぶしだします。唇に可愛い色が欲しくなります。そうすると全体が何だか貧相に見えてきてファンデーションに凝ります。メリハリつけようと思って頬《ほ》っぺた工夫します。そうして自分の「本当の」顔に近づくわけです。

女子が素顔（スッピンと呼びます）を見せたがらないのは、それが自分の思う自分じゃなくて満足していないからです。本当のアタシはこんなんじゃないの毛穴黒くてまつ毛下がってて唇が冴《さ》えない色のこんな顔違うんだもんアタシの思うアタシじゃない。

どうも世の男子たちは作り物とか嘘《うそ》が嫌で、「それ、化粧濃くねー?」みたいな発言をしてしまうのではなかろうか。察してあげて下さい。彼女がいかに思い通りの顔に辿《たど》り着くのに苦労しているか。

「おんなごころ」

化粧を落としてから「別に変わらないじゃん」と言われる言葉は嬉《うれ》し悲しです。普段の努力はなんだったんだろうって、空《むな》しく感じてしまうからです。どうせなら、「やっぱそのままでも可愛いよ」って言ってあげて下さいませ。そもそも素顔を見せている時点で、余程心を開いているしるしでしょうし。それか、どうでもいい相手だからなのか、そこまでは解《わか》りかねますが。

昔の女優さんの話ですが、病床でも振袖の襦袢《じゅばん》と赤い口紅を欠かさなかった方がいらっしゃったのだそうです。女心ってものですね。

本当の〝アタシ〟に

女子高に勤務した男性教師がとまどうものは色々あるが、その一つが女子高生達の化粧である。彼女達の化粧タイムは、休憩時間はもちろん、授業中にまでエスカレートすることがある。そんな彼女達に「化粧っていうのは、個人的なもので公衆の面前でするもんじゃない」と口を酸っぱくして言っても一向に効き目がなかった。

大学で教えるようになってからは、さすが講義中に化粧をする女子学生はあまり見かけなくなったが、化粧に対する彼女達の執心はますます燃えさかっているように見える。

なぜ、彼女達はかくも熱心に化粧に没頭するのか。今回のカキナーレを読んでいたく納得した。A子さんの言を借りて言えば、化粧とは、理想と現実の境を埋める作業。自分がなりたい顔と素顔（スッピン）の境を埋める作業ということになる。さすが大学生となると、何とも哲学的な説明をすることか、と思わず感動してしまった。

そう言えば、最近町を闊歩《かっぽ》する女性達の顔は「きれい」で「可愛らしい」。そんな彼女達の顔を見ると、一様に化粧を施しているのがわかる。時々ミスマッチの顔もあるが、総じて哲学的作業の効果は見てとれる。

ある授業の後、女子学生に「昔は人間の価値は顔より心と言ったもんだが…」と尋ねたことがある。その返事はこうだった。

「心より顔が大事です。自分が気に入った顔に化粧が仕上がると自信がつくんです。」

最近男性たちの化粧が流行っているらしい。ひょっとすると、男達も女心に近づいてきているのだろうか。


（新聞掲載日 11・4・28 68回）

✣「香車」と人生✣

「後戻り」

〝後戻りできないことを覚悟して震える指で押し出す香車〟

（05年大4年A子）

中学生くらいの時だったか、ほんの一時期、将棋にはまったことがある。相手はもっぱら弟だった。最近は、もう全然打たなくなったけど、新聞をめくっていると将棋選手権の結果か何か、いつも将棋盤の図があって、なんとはなしに見てみる。と、大抵いつもすみっこで一歩も進まずじっとしている「香」の駒……。これがどうも気になって。

それにしても、なぜ将棋士は、なかなか香車の駒を進めたがらないのか。その後退できない性質のため、慎重にならざるを得ないのか、それとも、特に進める必要がないのか。中学生の私なんか、喜んでバンバン進めていたけれど。でも確かに、駒を人差し指で押し出し、その指を離すまでの緊張感というのは、他のどの駒よりも、強かったような気がする。やっぱり、その緊張感は、後戻りが許されないことから来ていたのだろうと思う。

私はまだ20数年しか生きていないけど、だから20数年の経験の中で考えたことだけど、いろんなところで「後戻り」って、できそうで、実はできないものなんじゃないかと、思う。やり直しがきくっていうのとは、また別で。変わらず同じ場所や物や人があっても、時は絶えず流れているから、戻りたくても、なかなか戻れないことはたくさん、ある。だから、前に進むのが怖くなることもたくさん、ある。いっぱいいっぱい、ふり返ることもたくさん、ある。

それでもやっぱり進むのは、背中を押してくれる人がいることと、進む先から自分を引っ張ってくれる何かの、おかげかな。と思う。そして、最後は自分で、震える自分の足で、進んで行けたらいいな。と思う。

今日は木枯らし。風は寒いけど、水たまりの空は輝いている。朝刊の中の「香」が、一歩でも進んでいる日は、ちょっと嬉しい。

覚悟持ち自分の道歩む

人間は、それまでの人生を「後戻り」して生きることは出来ない。なぜなら、そこには時間という流れがあって、元には決して戻れないからだ。だから、前に進むのが怖くなって、なかなか進めないのだ、とA子さんは言う。そんな自分の生きる姿勢を将棋の駒の一つである「香車」の働きにたとえて独自の人生観を展開したのが今回のカキナーレだ。

この「香車《きょうす》」は、どこまでも前へ進む事はできるけれど、決して後ろに進む（後戻り）ことはできない、という性質だ。その性質と自身の生きる姿との類似。この類似に気づくきっかけになったのが、新聞の将棋盤の図の中で、いつもすみっこで一歩も進まずじっとしている「香《きょう》」の駒の存在だった。

彼女がなぜ「香車」の駒にこだわったのか。何度か読んでいるうちに、彼女の名前が「香《かおり》」だったことに気づいた。「香」と「香車」との類似、その親近感からのこだわり。それゆえ、正式の駒名「香車」をあえて「香」と表記したのではなかったか。そんな彼女のこだわりが、「香車」への愛着となった。それは、「駒を人差し指で押し出し、その指を離すまでの緊張感（略）、他のどの駒よりも、強かったような気がする」や、最後の一文に見られる。特に最後の一文は、自身（香）と駒（「香車」）とが一体となっている。

そして最後に、こんな「香車」的存在から抜けだし前進するために、「背中を押してくれる人」の存在や「進む先から自分を引っ張ってくれる何か」の存在を確信しながら「自分」の道を歩んでいこうという決意が述べられる。自分の考えを堅持しつつも決して周囲の者との関係もおろそかにしない。これは、後戻りできないことを覚悟した人間だからこそ身につけられたものだろう。

社会に出てから8年、「香《かおり》」は、「後戻り」することなく一歩一歩進んでいる。

（新聞掲載日　13・11・21　129回）

✣ 人間の生きる目的は何か ✣

「自分探し」

（04年高2年A子）

自分って何やろう……

考えてみるとすごく奥深いなぁと思う。楽しそうに笑っている自分。不安に押しつぶされそうになって自信をなくしている。それも自分。なさけないよね。（笑）

悔しくて流れ出る涙をこらえきれなく泣く自分。ぜーんぶふくめて自分なんだ。でも、そんな自分って何だろう。わからないもんだなぁ〜　でもわからなくていいじゃないかなぁ。人生は自分を探すためにある、って思う。
まだ17だっ!!　これからさっ。
今だっていっぱい悩んでいい時期なんだろう。高校生活2年目。ほんとにハードだけど、この道を選んだんだ。だから、きっとこの3年間やりきって終えることができれば、きっと一皮むけた自分がいるのかもしれないって思う。だから、今を一生懸命がんばろう！　それが自分探しへの近道じゃないかな。

（04年高校3年B子さん）

「生きろ！」

私はもう17歳。高校3年。なにも変わらない日々。こんな楽しい事はない。だからときどき考える。〝生きる〟ということ。人間はどうしてこの地に生まれたんだろう？　私はこの広い世界で何をしなければいけないんだろう？　なぜ人は生きるのか？私は神様の造ったあやつり人形なのか……わからない。

17年生きてる間に何回も思った事がある。〝生きる〟ということが苦痛。何度も何度も思った。けどその度に自分に言い聞かす。いやもう一人の、心の中の自分が応援してくれている。「もう少し、もう少し頑張れ！」（略）この地に生まれたという事は何か役目があるはずだ。よしっ、その役目を果たしてやる。せっかくの人生、一度きりの人生楽しみたい！　いやっ楽しむ!!

人間にはそれぞれちゃんと生きる意味（＝役目）があると思う。だから、みんなも楽しんだほうがいいなっ！

人生最大の難関も軽やかに

思春期は、人生の中でも最も多感な時期だ。ちょっとした事にも感じやすく傷つきやすいもの。中でも「自分とは何か」、「人間の生きる目的は何か」という命題は人生最大の難問だ。新年最初のカキナーレは、そんな難問に臆せず立ち向かったたくましい女子高生の作品から始めたい。どんなに暗い時代にあっても、こうした若者の存在が、日本の将来を明るくしてくれるはず。

だが、この命題には明快な答えがない。私自身も高校時代にこの問題に直面し、人生に絶望し「死」を考えたことがあったほどだ。

そんな自身の体験から今回のカキナーレを読んだとき衝撃を受けた。なぜなら、彼女達がこれらの難問をいとも軽やかに乗り超えていたからだ。とりわけ、「自分探し」のA子さんの場合は、見事という他ない。様々な場面での自身の姿（表情）の分析から「考えてみれば……ぜーんぶふくめて自分なんだ。」と結論づけ、最後に「でもわからなくていいじゃないかなぁ。人生は自分を探すためにある」と、「自分探し」の命題を収束させている点なんか、小さな哲学者だ。

このような思索を可能にしたのは、自分（人間）を客観的に見つめるもう一人の自分の存在なのだが、「生きろ」の作者B子さんも又、「もう一人の、心の中の自分」を持っている。彼女にとって、楽しいばかりでない人生、いったい自分は何のためにこの世に生きているのか、と不安や絶望に陥った時、そんな自分を応援し助けてくれるのが、「もう一人の自分」だった、という。まさに　彼女たちにとって、この「自分」の存在は、次なるステージ（生きる）に進ませる原動力となったのである。

「まだ17だっ!!　これからさっ」
「せっかくの人生、一度きりの人生楽しみたい！」
今年は、こんな彼女達の元気をもらってスタートしたい。それに今年の夢は、彼女達との再会。無理かなぁ。

（新聞掲載日　13・1・16　132回）

✣一人娘のけなげな心✣

①「生まれた意味」

（3作とも、04年、高2年A子）

私のおばあちゃん。つまり、お母さんのお母さんの話ねんけど、私が生まれる前、すごい元気なくて、しんどくて、ヤバイぐらい落ちこんでたねんて。でも私が生まれた瞬間、しんどさとかが、ふき飛んで若いころみたいに元気になれたんやって。生きる気力がフツフツとわいたんやって。

私それ聞いた時、ほんまにうれしかったよ。おおげさかもしれんけど生まれた意味ってゆーか。ちょっとやけど、生まれた意味の1%だけかもしれんけど、わかった気がしてうれしかったよ。生まれてヨカッタって思ったよ。

②「単純な傑作品」

何かあると、お父さんは私に「俺《おれ》の傑作品やから！」と私の事を言います。人を物扱いするなんて何とも失礼な人です。どこからそんなにたっぷりの自信が湧《わ》いてくるのでしょう。私は傑作品でもなんでもなくて単純な父がつくった単純な娘です。

③「一人娘の決意」

私は一人娘です。ですから父と母は私だけのものです。私だけを愛してくれます。かわいがってくれます。

私は一人娘です。ですから物の取り合いとは無縁です。私が欲しい物は私の物です。私の行きたい所へ皆で行くのです。

私は一人娘です。ですから親の期待を私は一人で受けとめなければなりません。私は親を一人じめできるかわりにたくさんの試練を与えられた様です。さぁ、私に父と母を幸せにする事ができるのでしょうか。産んで良かった。育てて良かった、と思ってくれる日がくるのでしょうか。

大事に大事に育ててくれている事がわかっているから、私はその気持ちに答えたい。17歳の私は今、そう考えているのです。

親の期待に応えたい

少子高齢化社会の日本では、一人っ子家庭が増えている。それこそ、20年後には、どの家でも孫1人に大人6人という風景が珍しくなくなるらしい。

今回紹介するA子さんのカキナーレからは、その一人っ子の哀歓と悩みがうかがえる。

①では、元気をなくしていたおばあちゃんが自分の誕生で元気を取り戻すというエピソードによって自分の生まれた意味を教えられる。そこからは家族中の愛情を一身に浴びて幸せに毎日を送る彼女の姿が目に浮かぶ。

ところが、②の思春期になると、家族、とりわけ父親の「(おまえは) 俺の傑作品やから!」ということばに違和感を感じるようになる。そして自分は「単純な父がつくった単純な娘」だと主張する。「単純な父」には、わが子を所有物として見る父への批判、「単純な娘」には冷静な自己凝視が読み取れる。

そして③で、①と②の矛盾した一人っ子の思いを述べたあと、次のように決意する。

親は愛情も物質も存分に与えてくれたが、同時にそれによるプレッシャーも与えてくれた。そんな自分は今(17歳)、両親に「産んで良かった。育てて良かった」と思ってもらえるように決意しているのだ、と。

何と親思いの、健気な娘ではないか。

もちろん、こんな娘に育て上げたのは両親だが、問題は、親が娘のこうした苦悩をどこまで理解しているかである。確かに、これまでの娘は、親の期待にこたえて素直に育った。だが、これからは「物扱いしないでほしい」という《今》の娘と、どう向き合えるかである。それには娘を一人の人間として見る目や、一時的にせよ、親の子離れが必要だ。これは親には大変勇気のいることだが、子が思春期の今こそ、そのチャンスなのだ。

そんなA子さんも今年23歳になっている。どんな娘さんになっているか、一度、会ってみたいなぁ。


（新聞掲載日　10・4・8　43回）

✣ 生き方を問い直す ✣

「ある日ふと浮かんだ想念」

（両作品とも09年社会人入学生A君）


大学の帰り道、賀茂大橋で鴨川の流れを眺めていたら、次のような考えが浮かんだ。

この世に生まれて二十七年。振り返れば、今まで信じてきたこと、またそれに従い行ってきたこと、そうしてそれに伴って味わってきた恥、望まずとも犯してきた過ち、それらは、まるで堰《せき》を切ったように流れ去ってゆく。

かつて、己の大過に、自責し続けていた時期があった。その度に、他の誰かを傷つけた。

かつて、己の意義を求め、足掻《あが》き続けた時期があった。そして今もそれは続いている。

「百年河清《かせい》を待つ」――そんな叶うはずもない希望を追い求めながら。

けれども、こうしてただ流れていく鴨川の流れを眺めていると、寄る年波のうちに、一つだけ答えを見つけられた気がする。

――自分もまたこうして、行き着くべき先に流され、そうしてその中に飲み込まれていくだけ、ただそれだけのことなのだろう――。

今の苦悩も、憂慮も、患難も、所詮この命が尽きるまでのことである。

「出てみる杭」

自分の存在を意識するときには周囲が自己と異質のものという環境に身を置かねばならない。周りが自分と同質のものばかりだと、どれが自分でも変わらないような気がして、そのうち死んでしまっているのと変わらなくなる。（略）無理に周囲に合わせているうちに、本当に自分と他者に違いがないような気がしてきて、そのまま自己の価値がなくなる。

だから先日のF先生の授業を受けて、はじめて反対の意見を持った時はひさしぶりに生き返ったような気がした。いつもいつも「その通りです」「もっともです」としか感じてこなかったからだ。

（略）

毎回授業レポートを提出している諸君！　読んでいてなんの斬新《ざんしん》さも感じないよ。授業で習ったことを別の言葉で言い換えているだけじゃないか。形だけのまじめさはよしたまえ。君たちのレポートは、当然過ぎて相槌も打てん！

周囲より自身の本音に従う

いつの時代でも仕事（人生）に生きがいを見出すことは難しい。まして学生時代と違って実際に社会の現実の壁にぶつかった若者の悩みは深刻だ。しかし、そんな中でどのようにして自己を再構築し、生きる目標を見つけていくか。今回のA君はそんな課題に遭遇した若者の一例だ。

彼は、一般企業で5年ほど勤務した。が、会社では、働く意味も、まして己の生きる意義も見つけられなかった。悩んだ末、もう一度自身の生き方を問い直そうと、再度大学の門をくぐったのである。たまたま私の授業を選択した彼は、授業の初めに冒頭のカキナーレを提出した。「方丈記」を模したこの文章には、「今の苦悩も、憂慮も、患難も、所詮この命が尽きるまでのことである」と、無常観いっぱいの思いを綴っていた。

ところが、授業後半に提出された「出てみる杭《くい》」の文章には、前回の生きる事への諦めは一切なかった。そこには、これまでの自分が周囲と同調し自己の価値を喪失していたことへの悔い。授業レポートの中で初めて自身の本音（それは指導教師の考えとは反対だった）を書けたことへの喜びが綴られていた。その変貌ぶりには驚かされたが、それ以上に、彼（今の若者）にとって周囲と違った意見を述べることがどんなに大変であるかを知って衝撃を受けた。彼が「反対意見」をどんな思いで書いたかは、題名が「出る杭」でなく「出てみる杭」であるところからも読み取れる。

最後の段落で、教室の仲間を批判しているが、これはむしろ、これまでの自身への批判と考えた方がよいだろう。時間はかかったが、「出てみる杭」で自信をつけたA君だ。今頃は、「出る杭」として、したたかに生きているのではないか、願望ではあるが、そう思う。

（新聞掲載日　14・1・30　133回）

✣ 前向きな生き方 ✣

「戦い」

（04年高3年A子）

ネバーギブアップ。（〝あきらめない〟）

私の大スキな言葉。人間あきらめが肝心な時もあるケド、私は限界まであきらめたくない。報われない努力があることだって知っている。でも一生けんめいもがきたい。今ならすごくそう思える。

高2の時。成績もイマイチで何もかもイヤでなげやりな時期があった。「どうせやっても……」私のキライなセリフも平気ではいていた。進路も大学へ行くには成績がキビシかったからだ。(略)でもやっぱりあきらめられなかった。やっぱりすてられなかった。そしてだんだん大学に行きたくなってきた。大学の資料もたくさん集めた。

だが、三者面談では先生にボロカスに言われた。「ムリ、ムリ、ムリ」って。「そんな例はナイ」とかね。普通ここまで言われたらあきらめるだろうってくらい言われた。でも、私にとってはそれが良かったようだ。バカにされるのって一番ムカツクから。そんならやってやろうじゃねえかって、一気に火がついた。

今あきらめたら絶対後悔する。そう心にちかい、できるところまで自分や受験と戦うことにした。でもそれから何度も負けそうになった。友達からの遊びの誘い……。何度私は断っただろう。(略)でも友達の「がんばれよ」の一言が支えてくれた。ストレスがたまっていっぱいグチったこともあったよね。しんどくなって学校休んだ時も「力にはなれないけどグチなら聞くし……。」「頼りないかもしれないけど私がついてるよ」ってメールくれたね。私これ読んだ時、本気でうれしくて涙が止まらなかった。枕ビチョンビチョン。

そして、迎えた試験。結果は合格。喜びよりも驚きでいっぱいだった。この勝負に勝ったのだ。うれしい。うれしすぎる。

家族、先生、私を支えてくれたみんなにカンシャ、カンゲキ、アメ、アラレ！

己との「戦い」に勝利

最近、銀行で働いている中年女性（卒業生）からこんな話を聞いた。

「最近の若い人って上司から怒られると、すぐ欠勤したり辞めるって言うんですよ。（略）中には勤め先に母親がやって来て『うちの子は一生懸命やってるのに、なんで怒られなくちゃいけないんです。うまくいかないのは上司の方の指導が悪いからじゃないですか、なんて文句を言いに来るんです。どっちかっていうと男子の親の方が多いですね。」

銀行に就職する若者はほぼ一流大学出身。いわゆる優等生だ。彼らは受験というレールを唯一絶対のものとして走り続けてきたためか、周囲への気配りが全く出来ないと言う。

今回のカキナーレの作者A子さんは、そんな若者と対極にいる女子高生だ。彼女は今でこそ「ネバーギブアップ」をモットーに前向きな生き方で、受験や己に勝つことができたが、高2まではなげやりな毎日を送っていた。そんな彼女が一気にやる気になったのは、学校での三者面談（本人・親・教師）だった。それも「ムリ、ムリ、ムリ」「そんな例はナイ」と、教師にぼろくそ（？）に言われたことで、逆に「そんならやってやろうじゃねえかって」いう気力が燃え上がった、のだと言う。

その結果は、彼女の努力はもちろん、友達や教師達の応援もあって合格する。その合格も喜びより驚きだったという。単に大学合格の「喜び」というのでなく、己との「戦い」の勝利であったからだ。

そんな受験から得た確信（前向きな生き方）が、冒頭の「限界まであきらめたくない」「一生けんめいもがきたい。」の言葉になったのである。その上、彼女にとってよかったのは、受験を通して教師や友達と緊密な関係になれたことだ。

それにしても、冒頭の、優等生の若者に比べ、なんとA子さんの頼もしいこと。今頃、ハンサムウーマンになっているに違いない。

（新聞掲載日　14・2・13　134回）

✣人間心理✣

今の若い世代の人付き合い

〝あの人友達少ないよね〟
〝あの人の友達ってしょぼい人ばっかり〟
〝暗いやろ、あの人〟
〝めっちゃマジメやしおもんないわ〟
〝ヤバイってヤバイよ〟

（00年高3年A子）

こういう言葉を常に聞いていると、感覚がマヒして気づかない場合が多いけれど、なんてバカらしい事なんだろうって思う。「じゃ、あなたは〝あの人〟の何を知っているの？」とつい聞きたくなってしまう。人を下に見て、けなして楽しむように笑って、何が満足なんだろう。でも、そうやって人のことを「マジメでおもしろくない」とか「暗い」とか「友達少ない、しょぼい」とか言う人に限って、私が見たところ、いつも不安で神経ピリピリさせている。だから、「何してんの？」って、言いたくなる。

つまり、私の推測では、そういう人達は、自分の中にその部分が存在していてもそれを否定できず、しかし、人に対しては「だけどあなたはそうなのよ」という自分勝手な生き方をしているのではないか。本当の意味で自分に自信のある人は黙っていても背筋をピント伸ばして生きて行けるのだ。

この自信というものは、決して「偉い」とか、「スタイルや顔がいい」とか、「勉強ができる」とか、いうことではない。これは自分の生き方に責任が持てている自信というものだ。なかなか難しいことだが、自分がそうありたいという気持ちが少しでもあるのならば、いいと思う。

そのためには、まず本当の、ありのままの自分の姿を直視する必要がある。弱い部分、嫌な部分などをすべて認めて、自分のことを「たかがこんなもんか」と思えれば、しめたものである。そして、自分を認めると同時に他人も認めるのだ。そうすると、今まで人に対して吐いていた言葉がどういうもので、何のためにそうやってきたかがわかるだろう。もっとみんな、自分自身について考えるべきではないだろうか。

自己認識は究極の自己評価

今回のカキナーレは、「今の若い人の人付き合い」を取り上げたものだが、ここで取り上げられているものは、「いつの時代」、「どんな年齢」にでも当てはまるものであることに気づく。つまり、人間の上っ面しか見ずに相手をけなし、自身を安心させている人間は、時代や年齢を越えて存在するからだ。

また、これとは逆に、相手の容姿や成績と比べながら生きる人間も、周囲の人間の動向を気にしながら生きているという点で前者と同じ人間と言えるだろう。得てして、こうした人付き合いをしていると、人は「いじめ」に走ったり、「自分」の居場所が見つからず不安のなかで過ごすことが多いようだ。

A子さんは、そんな人間の心理を推測し、そんなつき合い方からの脱却を次のように提言する。「相手をけなすことで自身を安心させている人間は不安で神経をピリピリさせている。なぜなら自分の生き方に責任を持つ『自信』がないからだ。その自信を得るには、ありのままの自分を直視し自分の弱点、嫌な部分までも認めることだ。同時に他人を認めることで自分の言葉や行動の意味が分かってくるのである」と。

何と見事な人間心理の洞察だろうか。だが、さらに僕が驚いたのは、「自分のことを〝たかがこんなもんか〟と思えればしめたものである」の箇所だ。この『たかがこんなもんか』という自己認識は、一見低評価のように見えるが、これは、究極の自己評価だ。

つまり、自分はこれ以上でもこれ以下でもないという意味であって、ここまで自己認識ができたら何も怖いものはないだろう。それが、「しめたもんだ」に込められている。

彼女のこの強さは、一体どこから生まれたのか。後日、彼女が意識がなくなった寝たきりの父親の介護を進んでしていることを知って、納得した。

（新聞掲載日 14・2・27 135回）

✣ 私は私 ✣

「未来と余生」

私はもうすぐ18歳。大人は私の残りの人生を〝未来〟と言うだろう。
私はいつか68歳。周りは私の残りの人生を
〝余生〟と言うだろう。
　人間はいつから未来？
　人間はいつから余生？
私はずっと未来と思いたい。

（98年高3A子）

未来と余生。本人次第。
私はずっと未来である。

（99年、高3年B子）

「ウジウジ虫」

もっと肩の力をぬいた生き方ができたらいいのになあと思う。私って一つの出来事やその他多くの事に対してすぐに力んだ物の考え方ばかりして、自分ばかりか他人までも巻き込んでしまうことがある。そんな時、「なんでもっと柔軟な考え方ができないんだろうなあ…。」とけっこう自己嫌悪に陥ったりする。

自分の中には「これだけは許せない。」と言うこだわりがいっぱいあって本当はすごく重い。だけど、今はどうしてもそんな自分を変えることは無理みたい。いっぱいの「こだわり」はいつか軽くすることができるのだろうか？　でも、自分の中の「こだわり」ってすごく大切でもあるから大事にもしたい。

「じゃどうすればいいのよ。」って自分に何度尋ねてみてもやっぱりダメ。きっと、私の変なこだわりは、いつの間にか人を傷つけたり困らしたりしてるよなー…。本当「ごめん」っていう感じ。（略）

あーあ。なんでこんな性格なんだろうー。もっとサバサバとした生き方したい。今の私は何かの殻の中でウジウジと生きてる虫みたい。殻は自分独自の考え方や価値観てトコかな。まっ、いーや。なんぼ考えたって私は私として生きて行くしかないんやから。とりあえず今は虫として生きていってやろ。

「ウジウジ虫の」未来は明るい

今回は自分の将来や生き方に前向きな2人の女子高生を紹介したい。

最初はA子さんの「未来と余生」。

これを読んだある中年サラリーマン男性が「退職後は余生みたいに考えていたので、頭をガーンと殴られた思いでした」と、ショックを隠しきれない様子で話してくれた。大人は未来とか余生とか言うけれど、それはすべて本人次第。私はずっと未来である、という彼女の前向きな生き方に圧倒された、と言うのだ。

次はB子さんの「ウジウジ虫」。この文には、自分の価値観に「こだわり」ながら生きていく彼女の生き方が、「ウジウジ虫」にたとえられて描かれている。

何事にもこだわって生きる自分を嫌悪しながらも「これだけは」と思うものには断固としてこだわるB子さん。

「肩の力を抜く」「柔軟な」「サバサバとした」生き方を今風と呼ぶならば、それとは反対に、不器用な生き方にこだわるB子さん。それを彼女は「ウジウジ虫」と呼ぶ。では「ウジウジ虫」とはどんな虫なのか。辞書の「ウジウジ」の項を引いて驚いた。「決断できず迷ったり（略）行動をためらったりする様子」の後に「小さい虫などが小刻みに絶え間なく動く様子」とあったからだ。

万事、競争と効率が優先される現代にあって彼女のような「小刻みだが絶え間なく」努力する人間は少ない。だが、最後に残っていくのは彼女のような人間、「ウジウジ虫」であることを忘れてはならない。

こんな虫だったら大歓迎だ。

（新聞掲載日　10・2・25　40回）

Ⅱ

家族
編

周囲の目と戦う女子高生

(97年高校3年A子)

「父と援助交際?」

その日、寝坊して遅刻した私は、大阪の会社に行く父と同じ電車に乗る羽目になった。いつも私が乗る電車より時間が遅いせいか、車内は満員に近かった。やっと吊《つ》り革のある場所にたどり着いた私と父を、前に座っていたひげ面のおじさんと若い女の人がジロリと見た。

今思うと、別に彼らは目の前に立った人を見ただけだったのかも知れない。けれど、その時の私は何を思ったのか、『もしかして父と私が援助交際かと思われたのかも知れない』という念に駆られた。そのため変に身体や気持ちに力が入ってしまった。(略)

私ときたら、二人が親子であることを証明したいがために、一人暮しをしている兄のこと、ペットのことを声を大にしてしゃべりつづけた。そして、語尾に必ず「お父さん」という言葉をつけた。これできっと私たちはうるわしい親子だと思われるに違いない、と確信した。もちろん降りる時も「行ってきます。お父さん。」と言ったが、さらに「がんばってな、お父さん。」とつけ加えた。しかし、電車を降りてから自分の行動を振り返ってみたら、急に恥ずかしくなった。なんだか馬鹿らしいことをしてしまったなと思った。

お父さん、ごめんな。お父さんも気づいていたかな。気まずかったかな。あんなことしなくても色の黒さや目元で親子ってわかるのにな。

「私たちは親子です！」／必死な自分　冷静に描写

80年代後半から日本経済は右肩下がりに入って、それまで会社人間だったおやじ達の価値は相対的に低下していった。それと軌を一にするように「援助交際」の文字を耳にするようになった。これは女子中高生をおやじ達が金で誘うというものだが、90年代に入ると社会問題となっていた。とりわけテレビのワイドショー等が視聴率稼ぎに女子高生の生態を興味本位に流していた。さらに、娘達を誘う男達のモラル低下、犯罪性を追及するよりもあたかも女子中高生に問題があるかのように報道していた。加えて、一枚の警察のポスターによって彼女たちの心は一層傷つけられていた。それは、当時の女子高生のファッションと化していたミニスカート・ルーズソックスを身につけた女の子と中年男性のアベック姿の映像、それに「援助交際は犯罪です」の文字が刷り込まれたものだった。

この作品の筆者もまた、被害者の一人だった。たまたま寝坊したために父親と一緒に乗った電車。がその直後、周囲の乗客の視線から「女子高生＝援助交際」の文字が脳裏をよぎる。さあそれから彼女の一人芝居が始まるのであるが、自分たちが親子であることを認知させたいという描写は実に上手い。必死に振る舞う自身を冷静に見つめる自分。電車を降りてからそのことを自省する作者。とりわけ「お父さん、ごめんな。」以降の文章にはほろりとする。父と娘が一緒に電車に乗るにもこんなに気遣わなければならない時代とは、一体どんな時代なのだろうか。

✣ 父親への応援歌 ✣

（99年高校3年C子）

「アンポンタンポカン」

オヤジは淋《さび》しいのか
オヤジはヒマなのか　オヤジはバカなのか

「一緒にお茶飲まない」／あんたの娘と飲んでこい。父は多分ぜったいこんな事はしていないと思う。イヤ、そんなことする度胸もなけりゃかいしょもない……。

がんばれ父。あんたはエライ。家族のために働きつづける毎日。誰も父をいらないなんて思ってやしないから、働きつづけろ父よ。なら、あのオヤジ達はなんなのであろうか。家族の愛とやらに飢えているのか。それとも一人でいるのが淋しいのか。はたまたそんなに女子高生がめずらしいのか。イヤイヤ、ただの変態なのか。どちらにしろムナシイぞオヤジ達。（略）

「娘が何を考えてるかわからん」
そりゃアンタの方もわかんないよ父……。

「娘に気を遣うなよ」

アンタと私は他人かい。親子じゃないか。仲良くやろうよ父……。

「何か悩みとかないか？」

その言葉、そのまま返してあげるよ、父よ。

ああ、父よ。あんたは毎日家族のために働き、それなりの家族愛にも恵まれているのだから、あんなアンポンタンポカン君だとはちーとも思ってない。（略）

安心してくれ父よ。私はアンタが好きだ。

だから、たまには私に何かちょうだい。

「あんたはエライ」／ぶっきらぼうな愛情あふれ

娘が父親を見る目は、一般的に厳しいものがあるようだ。ある時期、おやじの洗濯物を自分の物と一緒に洗わないという娘の言動が流布されたが、これなどは典型である。こうした現象は父親の権威低下の表れと言えばいえるが、それ以上に、彼女たちが、父親と同世代の男、もしくは男一般の、自分達への接し方に「不潔」さを感じているからではないか。

それは、ちょっと繁華街を歩いていても父親と同年齢の男から「一緒にお茶飲まない」などと声をかけられることでも意識させられる。そんな男にふと父親の姿を重ねても不思議ではない。結構、父親を「男」として意識させられる体験を娘たちは日常的にしているのである。

このカキナーレの作者C子さんもまた、中年男に声を掛けられた体験があるのであろう。その男を「淋しいのか」「ヒマなのか」「家族の愛とやらに飢えているのか」と分析し、父親に対しては、そんな変態オヤジとは違う存在なのだから「安心してくれ父よ。私はアンタが好きだ。／だから、たまには私に何かちょうだい」と締めくくる。一見ドライに見えるが、父親として、一人の男として父親を見つめる視線は並ではない。

こんな文章を読むと、だから娘にはかなわないという思いをするお父さんたちも多いかもしれないが、何としたたかな愛情あふれた父親への応援歌ではないか。

（新聞掲載日　08・7・25　第5回）

✣息子から見た父親像✣

「おとん」

うちのおとんは小さい。
おかんよりもひとまわり小さい。
体もひょろく、筋肉もそんなに無い。

（06年大2A君）

無口で、家にいても気づかれないという、
空気のような存在である。

僕が高校一年生の時、大切な彼女ができた。

おかんには夕方家に帰ってすぐ話した。

おとんには僕が寝る前に話した。

おとんの部屋のふすまを開け、話した。

少し間をおいて、暗闇に寝そべる父が答えた。

「人を愛するって事は、その人の気持ちをわかってあげる事やで。大切にしてあげや。」

背すじがピンと伸びた。(後略)

(06年大学3年B君)

「父さんとの5分間」

父さんと電話をした。
声を聞いたのは、おそらく1年半ぶり。(略)
就活の話になって、関わる業界とか行く会社とかについて話した。初めて父さんと仕事関係の話をした気がする。男としての距離が、少しは縮まったのかな。久しぶりなのに、たわいない話。
過ぎる時間。

「じゃあまた今度」という最後の言葉。

その「また今度」までには、どれくらいの期間があるかわからない。でも「また今度」を信じて、
俺はまだまだ前進あるのみだ。

いつか、肩並べて話せることを信じて。

すごく価値のある5分間だった。


先輩やライバルとして／抑制された愛情が凝縮

思春期に入った娘は、どうも父親を嫌ったり辛辣な批評をする傾向があるようだ。それに対して息子は同性の先輩という意識が働くのか、大学生ぐらいになると、自身のモデル、もしくはライバルのような感じで見るようになるらしい。「おとん」には、高校時代にできた彼女へのおとんの反応を通して、自身の規範としての父親像がつづられている。前半では貧弱な身体の、無口で存在感がない父が描写されるが、後半では、「人を愛するって事は…」と息子に神妙に語るおとんの言葉が紹介される。そこに息子は男としての責任の重さを感じとっている。が同時に、それはおとんへの信頼でもある。A君は文の最後を「無口だが、気づかないところで支えてくれている、大黒柱のような存在である」と結ぶ。

「父さんとの5分間」の中の父と息子は、別々の暮らしをしているようだ。現在、就職活動中のB君は、久しぶりに父に電話をして、始めて父と仕事の話をする。だが、貴重な時間にもかかわらずたわいのない話しかしない。だが、それでも、B君は「男としての距離が少し縮まった」ような気がし、「いつか、

肩並べて話せることを信じて」今は前進あるのみと決意する。ここには既に父親をライバルとして意識している息子がいる。

一般に男同士の関係は情よりも理が勝ちすぎるのだが、どちらの文章（最後の一行）にも抑制された、父への愛情が凝縮されている。


（新聞掲載日 08・8・29 第6回）

✣ 父親と女子大生 ✣

（07年。大2年A子）

「家族愛」

ある日曜日、珍しく家で父と私の二人きりの日があった。突然、ドアのノックの音がした。そう、父である。

「夕食でも食べに行くか」と聞きに来た。私は部屋の掃除をしていたので「行かない」と一言。すると、父は一人で何かボソボソ言っている。気にせず私は部屋の掃除をしていたら、しばらくして、またノックの音がした。

「本当に行かないのか」と父の声。これで3回目だ。私は手を止めて

「やっぱり行こうかな」と一言。

父の顔が一気に明るくなった。素直に一緒に行きたいって言えばいいのに……。

最近、そんな父に甘い私がいる。


（04年。大1年B子）

「おふろ」

ある夜、お風呂に入っていたら、ガチャってドアがあいた。お父さんやった。二人ともびっくりしすぎて声が出なかった。お父さんはあわててドアを閉めてった。ほんまありえへんって思った。最悪‼　最悪‼ってずっと言ってた。

お風呂からあがったら、1万円が机の上に置いてあった。

私の裸は1万か。


一筋縄ではいかない／客観的でドライな娘たち

最近の父親は家族の中で存在感が薄い。とりわけ娘からの扱われ方は、はなはだ軽い。では、なぜこんなにも父親は娘に弱いのだろうか。その理由には、物事を観念的に思考する男性性は現実的思考をする女性性にかなわないということ。

今ひとつは娘を子どもとして見る目と同時に異性として見ざるを得ない父親の戸惑いや気恥ずかし

さなどが影響しているようである。同じ異性同士である母と息子が母子一体感になるのとは違った関係が父娘にはある。

A子と父親のやりとりを見ても、娘の現実的で冷静な対応が際だっている。娘を夕食に誘う父親に、内心「素直に行きたいって言えばいいのに……」とつっこみつつもその願いを聞いてやる。そんな自分を「最近、そんな父に甘い私がいる」と客観的にとらえるのが今時の娘なのである。

B子の「おふろ」における父娘関係を読者はどのように受けとめられるだろうか。たまたま娘が入浴中とも知らずに風呂のドアをあけてしまう父親。それを非難し続ける娘に1万円でご機嫌を直してもらおうとする父親。何とも娘に甘い父親だが、対する娘のつっこみ「私の裸は1万か」は強烈だ。ともすれば感情的になりがちな肉親関係を超ドライにしているところがいかにも今風である。これもまた、現代の父娘の関係の一つであることは確かなのだ。

いずれにせよ、いつの時代にあっても、父親にとって娘というのは一筋縄ではいかない存在であることだけは確かなようだ。

（新聞掲載日 08・9・19 第7回）

✣ 母と娘の「一体化」 ✣

「Mother」

（02年高1A子）

私は母親が大嫌いだ。昔から人が気分を害するコトを言ったりする。例えば、幼いころ。私は風船が大好きだった。母と遊園地に行った帰りも私の手はしっかりと風船の紐が握りしめられていた。人の邪魔にならないようバスの中では紐じゃなく風船そのもんを抱きしめていた。とても大切な宝物だった。

しかし、母はバスから降りると、私から風船を取りあげ空へ飛ばしてしまった。突然のコトで何が何だかわからなかった。母は私に一言、「アンタが持ってると邪魔や。」と言った。点になっていく風船を見つめながら、私は怒りを通りこして悲しみがあふれてきた。

「風船も自由になったんや。ええやん。」

母はそう言い残して家に帰った。

私を一人残して。

「家出」

（04年高3A子）

「あんたなんかいない方がいい」
母の言葉。私の家出の決心理由。
PM11：00　こっそり家をでて近くの物かげにかくれた。タイムリミットをあげたの。親に。1時間しても探しにこなかったら家出しよう。
PM11：15　寒くて。すすりながら泣いていた。母の言葉がグルグル頭の中でまわっている。〝私はいらないいんだ〟
PM11：30　あと30分か……。
もう来ないかも。絶望感がこみあげてくる。近くの家からは楽しそうな笑い声が聞こえる。涙がとめどなく流れた。
PM11：40　見つかった。母は私をしかった。いつもなら言い返すのにうれしかった。現れた母がひどく慌ててたから。タイムリミットまであと20分。私には笑顔が戻った。

絶対的存在の怖さ／言動が時に人格を破壊

これまでの母娘の関係は、娘の理解者としての母とそれに庇護《ひご》される娘という一体感でつながっていると考えられてきた。が、最近は、母親の欲望の押しつけの「一体化」が、娘達をむしばむ例が増えているようだ。

その実態を表しているのが、Ａ子さんの二つのカキナーレである。母親の彼女への言動は一方的だ。それに対する彼女も母に必要以上におびえ、顔色をうかがう様子が見える。幼ない娘にとって絶対である母。その母の言動は、時に娘の人格を破壊する。思春期の娘達が自傷行為や引きこもりをするのも自身のアイデンティティーを必死に守ろうとする姿でもある。

一方、母親は、そんな娘を自分の代替物のように扱い、自身のストレスの解消のために娘に暴力を振るったり、自分の欲望を押しつけたりする母親もいる。こうした母親の背景には、核家族化、共働き、夫婦間の不一致、母親の生育歴などの要因があるのだろうが、今はその問題に触れる時間がない。

僕にとってうれしいのは、Ａ子さんとは、カキナーレを通して交流が続いていることだ。最近送られてきたカキナーレには、恋人とのデートの話題が書かれていた。

書くことが、彼女のよりどころになっていることは確かなようだ。


（新聞掲載日　08・10・3　第8回）

✣ 昨今のおばあちゃん ✣

（97年高3A子）

「色ボケオバービー」

ある日の夕食時、両親、姉、私の4人の心臓が一瞬止まったことがある。その原因は、我が家で唯一の問題児、88歳のオバービー（祖母の呼び名）が、どえらいこと口にしたからだ。

「今日、わて、ナンパされたぁ。」全員絶句。が、その凍り付いた空気を溶かしたのは父・幸蔵だった。「どこでぇ」「接骨院行った帰りにな、どこの人か知らんけど、お茶飲みに行きませんかーって言われてん。」

相手の男性は、ハゲてて七五〜六才くらいだったと言う。道理で今日のオバービーは艶《つや》っぽいわけかと、納得のいった私は、「オバービーモテテやん！　ええなー」と言ったら、オバービー、頬《ほお》を少しポッと染めた。オバービーはマジでうれしかった様だが、母と姉はあっけにとられて、ただ呆然《ぼうぜん》として、ひたすらおかずのサラダをつついていた。オバービーのフリートークは食事が終わるまでフル回転して、とうとう誰一人止められなかった。

「最近の若いもんはませてててねー」とよく言われるが、その時の私は、「まったく最近の年寄りは色ボケでねー」と言いたかった。

この日を境にオバービーが色気づいたのは言うまでもない。

「たね」

（97年高3B子）

お風呂から上がって、すぐ鼻パックをして、裸のまま歯みがきをしていたら、そばを通ったおばあちゃん、私を見て、

「女盛りの18歳」とつぶやいた。

「そお?」と言ったら、「でもあんたはつぼみだね」と言って自分の部屋に引っ込んでしまった。ちょっとムカっときたけれど、昔々に花を咲かせたおばあちゃん。そのたねの、そのまたたねの私には、何も言い返すことは出来なかった。

20歳のギャルが4人束になっても、おばあちゃんの年にはかなわないんだから当然か。

大先輩にはかなわない／畏敬の念と温かな応援

かつての日本では老人が異性と交際すると「いい年をして」などと非難されたものだが、最近ではそんな野暮《やぼ》なことを言う人も少なくなってきたようだ。A子さんの、88歳のおばあちゃんもそんなハイカラな一人だ。

A子さんはそんなおばあちゃんを「まったく最近の年寄りは色ボケでねー」とは内心思うが、本心では今なお若さと子どもごころを失わず生きているオバービーを応援しているように見える。題名の「色ボケオバービー」にはそんなA子さんの思いがこもっている。

一方、「たね」の中のおばあちゃんもまたハイカラだ。孫娘に「女盛りの18歳」と言ったあと、「でもあんたはつぼみだね」と付け足して去っていくあたりなんか、人生の先達としての風格は十分だ。だが、孫娘のB子さんの反応もまた素晴らしい。おばあちゃんから言われた「つぼみ」を人間としての「未熟さ」として受けとり、それを「20歳のギャルが4人束になっても……かなわない」と年令に置きかえて納得している。

この2人のカキナーレに共通するもの、それは人生の先達への畏敬《いけい》と温かなまなざしではなかろうか。

（新聞掲載日　08・10・30　第10回）

おばあちゃんの目線

「カボチャの煮物」

（98年高1A子）

おばあちゃんが、久しぶりにうちに来た。

おばあちゃんが来て2日目の夕食の時、おかずにカボチャの煮物が出てきた。私はそれが大好物だ。でも、お父さんは「胸焼けがするから好きじゃない。」と言って一度も箸《はし》をつけなかった。それに気づいたおばあちゃんは、「ひろし！カボチャも食べなさい。」と言った。でも、お父さんは食べなかった。するとまたおばあちゃんが、「カボチャは身体《からだ》にええんよ。ちゃんと野菜も食べなあかん」と自分の息子をしかった。

それを見ていると、なんだかおかしくなってきた。まるで父の姉にでもなった気分だった。ふと、横を見るといじけてカボチャを食べている父の姿があった。

（99年高1 B子）

「なにがあっても」

父の怒鳴り声が、帰宅した私の耳に聞こえた。私は急いでリビングルームに向かった。ドアを開けると焦げ臭い匂いがプーンと漂っていた。「またか……」そこには父が祖母を怒鳴りつける姿があった。

祖母とは、五年前から一緒に住んでいる。初めは祖母の食事は母が作っていたのだが、ちょっとしたこぜりあいが起き、祖母はそれから自分の食事は自分で作ると言い出した。しかし、祖母はもう九十近くになり物忘れもする。そのせいか、台所でよく火をつけっぱなしにして忘れることがある。それで、部屋中お鍋の焦げた臭いが立ちこめるわけだが、父は近所中に聞こえるぐらいの大声で「火事になったらどないすんにゃ」と怒鳴りつける。

ところが、父がいなくなると、祖母は私に、「昇三、仕事うまいこといってへんにゃろか?」と言った。父は祖母の実の息子である。だから、父がおばあちゃんをぼろかすに怒鳴りつけてもおばあちゃんは決して父を憎んだり怒ったりしない。ただ心配しているだけだ。

違う角度で家族を見れば／「父の姉になった気分」

核家族の子どもたちは、親子だけの世界で暮らしているので、どうしても親を「親」という一点からしか見られない。これが、家庭内の人間関係や人間の見方をずいぶんと脆弱《ぜいじゃく》なものにしているようだ。だが、そんな家庭に年寄りが加わると、家族内の人間の見方や関係が拡大したり変化するから面白い。息子としての父、嫁としての母というように。

引用した2つのカキナーレは、息子としての父を浮き彫りにしたものである。今もなお偏食する息子を気遣う祖母にしかられる父。ぼろくそに怒鳴られながらもなお息子を気遣う祖母に心配される父。こうした父親の姿は、普段の生活では決して知ることの出来ないものだが、おばあちゃんという二世代前の目線を通すことによってそれを可能にした。

このような、新たな父親像や親子の強い絆（愛情）の発見は、彼女達の家族理解のみならず、広く人間理解を豊かなものにしていることは間違いない。それにしても、A子さんの「まるで父の姉にでもなった気分だった。」の一文の、何と冷静沈着であることか。

何度読んでもおかしい。

（新聞掲載日　08・11・14 第11回）

✣ 弟に彼女ができた ✣

（99年高3年A子）

「弟」

最近、うちの弟がオシャレをしだした。やはり中3になって、だんだん大人になってきて周りを気にする年頃になったからだろうか。その弟をじーっとバレんように観察してみると、塾へ行く前必ずフロに入る。しかも長い。かなり念入りに洗っている。そして、フロからあがるとドライヤーで髪をセットする。それから歯を磨く。これもまた念入りだ。たかが塾に行くだけでそこまでするか?と思った。それからさらに、化粧水をつけて最近のカッコイイ服に身を包んで準備完了だ。そして、うれしそうに塾に出かけていく。

私は考えた。その推理によるとあいつは塾に好きな女がいるにちがいない。だって、バレンタインの時、チョコをもらっていた……。（それは私が食べたけど）だからあんなに張り切ってるんだ、と。そんな弟を見て、自分も負けてられないと思った。

その日から私はリンスを使い始め髪も伸ばしはじめた。弟などに負けてはいられない。

「未来予想図」

（99年高3B子）

弟に彼女が出来た。先を越こされた。彼女の名は千鶴ちゃん。同じ学校の同級生。プリクラで彼女を見たけど、弟にはもったいないくらいのカワイイ女の子だ。弟とつき合う過程をオバちゃんのようにひやかし半分で尋ねてみた。「どっちが告白したん？」と私。「あっちから」と弟。今どきの女の子は積極的だなぁと思った。しかも、その相手が弟ときたから彼女はある意味「冒険家」だ。

「で、なんて呼んでんの？」

「千鶴」

オイオイ呼び捨てかい、やるね！　相手も呼び捨てときたもんだ。（ヒューヒュー）

母と私はうかれてた。弟は将来美容師になりたいと言っている。千鶴ちゃんもそうらしい。「将来２人で美容室を開いたらいいやん！」と母。「ホンマやー。いいなぁ！」と、私もその気になって叫んだ。弟と千鶴ちゃんが立てるはずの未来予想図、私と母で勝手に立ててしまった。それだけ祝福しているのだよ！

２人に幸いあれ！　そして、私にも。

姉たちがオバさん化／するどい観察眼、ひやかしと祝福

先進諸国に追いつけ、追い越せとしゃかりきに頑張った60年代の日本。それが高度経済成長期の70

年代になると、生活にも余裕が出来、男達も化粧品に興味を持つようになった。大阪の整髪料メーカー丹頂（現マンダム）が出した男性化粧品「マンダム」が大ヒットしたのも丁度この頃であったが、その成功の一つに、「うーんマンダム」のセリフを言った米国俳優チャールズ・ブロンソンの存在が大きかった。ともあれ、この時期を境にして男性の化粧に対する日本人の意識が変わりはじめた。

それからおよそ30年。A子さんのカキナーレには、日本の男子中高生の様子がよく映し出されている。60年代までは、男が鏡の前に立つということすら気恥ずかしかったことを思うと隔世の感を禁じ得ないが、B子さんの弟の男女交際にも又その思いを抱く。しかしそんな変化の中で、弟の外見をチェックしたり、弟の未来予想図を作ってしまう姉たちのオバさん感覚だけは昔も今も健在であるのが何ともおかしい。

（新聞掲載日　08・12・12　13回）

✣ 兄の自立　妹の思い ✣

「兄帰る」

昨日、兄が帰ってきた。

（98年 高3A子）

一浪の末、ようやく大学生になった兄が家を出て半年。でも、待望のひとりっ子生活もなんとなくさびしい。我が家の夕食のメニューからは、ボリュームのあるハンバーグやグラタンは消え、酒のあてのようなものばかり並ぶようになった。父の隣の席はポッカリと空いて、今では猫が座っている。夕食の時でも家の中はどこかしんとしている。

〝さみしくない〟を装う母は、一ヶ月に一回、カップラーメンや薬やパンツなどをつめこんだ段ボール（救援物資）を兄に送っている。おかげで、ぽっちゃりの兄は、相変わらずぽっちゃりで戻ってきた。

その日の夕食は焼き肉。一見、いつもと変わらなかったが、食べてびっくりした。肉がちがう。むちゃくちゃやわらかくておいしい。兄は喜んでほおばった。父と母がその様子を手をとめて見ていた。祖母は珍しく酒を飲んでポッと赤くなっていた。私はそんなみんなの様子をちらりちらりと見ながらも、〝この肉は高いな〟などと思っていた。が、決して口には出さなかった。

食べ終わって二階に上がると、兄が使っていた部屋にお客様用のフトンが敷いてあった。兄が家を出る時には何とも思わなかったが、いつの間にか兄は兄ではなくなってしまったかのように思えた。

私は、兄がいてもいなくても、なんとなくさみしい。

「できちゃった婚」

（04年高3B子）

先日、わが家の長男けーちゃんに、できちゃったんです。そう。子どもが。ベイビーが。ということで、結婚も秒読みか？

けれど、そうなったらもちろん家を出ていくことになるわけで。パソコンも教えてくれなくなるわけで。京都一おいしいラーメンを食べに連れていってもらえなくなるわけで。スマップのメンバー一人が脱落してしまうような気分なわけで。やっぱり悲しいわけで。

そんな私の勝手な想像とは裏腹に。私の10年上の彼は今、人生の瀬戸際に立っている。

寂しさの中に強さ／上手に甘え　冷静に観察

親にとって、最初の子というのは、可愛いもので、その分、無意識のうちに後の子よりも特別扱いしてしまう場合が多い。それが男の子の場合、家の跡取りという要素も加わってより鮮明になるようだ。

Ａ子さんは「兄帰る」で、そんな家族の姿を冷静に観察し描写する。同じ子どもでありながらどうしてこんなにも扱いが違ってくるのか。その現実を久しぶりの兄の帰宅の中に垣間見てしまうのである。無意識のうちに大事に育てられた兄、その姿を見て育った妹のさびしさとたくましさ。最後の一文には、そんな複雑な妹の思いがこめられている。

一方、10才年上の兄をもつ、「できちゃった婚」のＢ子さん。結構自己中心的で勝手な想像を巡らし

たあと、一転して「彼は今、人生の瀬戸際に立っている」と、冷静に言い放つ。普段は上手に甘えながらも大事な所は冷静に見ているところが、妹（女）のすごさだ。

二つの作品には、最近の女の子の強さの秘密が隠されている。


（新聞掲載日 09・1・9 14回）

✣ 姉妹 ✣

「表彰状」

（03年高3A子）


「お姉ちゃんばっかり表彰状もらえてずるい。」

小さい時、私は毎日のようにそうぼやいてはスネていた。3つ離れた姉は何でも良くできて事あるごとに賞をもらってくる。それに比べて私はまだ6歳。表彰状なんて縁のないものだった。

そんなある日、姉が私に言った。

「なあなあ、今度な、テッシュにどれだけ絵を上手に描けるかを競うテッシュコンテストっていうのがあるんやって。一緒に応募しよ。」

おもしろいコンテストがあるんやなあと思って2人で一生懸命絵を描いた。姉は「綺麗《きれい》に描けたやん。じゃお姉ちゃんが出しといてあげるからな。結果は来週分かるし。」と言った。

その日から私は「賞もらえるかなあ」とつぶやく毎日だった。そしてまた、今度も姉だけがもらって私は問題外なのではないだろうかと思って落ち着かなかった。

一週間後の日曜日の早朝、私がポストをのぞくと筒状の画用紙が入っていた。急いでひらくと「表彰状」の大きな文字。私宛《あて》だった。

表彰状

あなたの絵はすばらしかったので

これをあげます。

てぃっしゅの王国より

うれしくて姉の元へかけていって表彰状を見せた。姉は微笑《ほほえ》んで「良かったなあ。あんたのが選ばれたんやなあ。」とほめてくれた。

〝ティッシュコンテスト〟という奇妙な大会や誤字脱字だらけの表彰状をくれた〝ティッシュの王国〟が実在しないものであるということは、成長する過程で除々に分かったが姉には言わなかった。

あれから10年以上経《た》って様々《さまざま》なすばらしい賞を頂いたが、あの手書きの表彰状に勝るものはないと思っている。9歳の姉がくれたあの表彰状は、今も私の原点として表彰状入れの一番最初に入っている。

小学生の優しい嘘

このカキナーレを読み終わった後、ほっこりと温かい気持ちになった人は多いにちがいない。幼いながらに妹を思う姉の思い。そんな姉を、作者である妹が感謝し、高校3年の今もその表彰状を大切に持っているというくだりなど、思わずほろりとしてしまう。

なんともいい話であるのだが、おもしろいことに、この話の根幹であるテッシュコンテストやテッシュ王国が、ともに姉の考えた嘘（フィクション）であることだ。その嘘《うそ》も妹を喜ばすためのもの。それも、行動を伴った一編の物語といってよい。

コンテストの案内↓応募↓表彰状という一連の流れをつくった姉の想像力と行動力。とりわけ、筒状の画用紙に表彰状の本文を書いてポストに投げ込んでおくという行為は、大人顔負けである。

一方、姉の物語が、現実の世界で効果を発揮するには、その受け手の妹・A子さんにも姉と同等、それ以上の想像力が必要であった。だが、姉の仕掛けに対する彼女の反応は、実にすばらしかった。成長する過程でテッシュ王国が除々に嘘と分かったが姉には言わなかった、という話がそれを証明する。ここには、姉の創作した物語の人物として最後まで演じきることで、姉の好意に答えようという優しさがこめられている。その究極の「姉妹愛」の表現が、「9歳の」から始まる最後の一文である。

いずれにせよ、6歳と9歳の子供たちにこのような高度な嘘（物語）を創作させ、それを演じさせるような文学的感性をもった子供たちに育て上げた家庭教育には頭の下がる思いである。

（新聞掲載日　10・5・13　第45回）

✣ この「緩さ」こそ実家 ✣

（10年大学科目履修生A子）

「ふやけた絆創膏《ばんそうこう》」

久しぶりに帰省した日の晩のこと。

私はささやかな親孝行と思い、お風呂掃除を担当した。念入りに湯船を擦《こす》った。父と母への日頃の感謝をこめてゴシゴシと擦った。

数分後、お風呂が焚《た》け、有り難そうに母が風呂へ向かった。すると、「アハハハハ」と母の笑い声。お風呂に駆けつけると、母は湯船の中で大笑いをしていた。

「みっちゃん、本当にちゃんと洗った⁉　昨日お風呂で落とした絆創膏が浮いてたんだけど！あーおかしい～」

といって母はふやけた絆創膏を片手にひらひらさせ、愉快に笑っていた。

どうやら、母は昨晩、指に貼《は》っていた絆創膏をお風呂の中で落としたらしい。その事に気付き、風呂上りに絆創膏を探したが見つからなかったそうだ。しかし、実際は絆創膏は浴槽のどこかにくっついていたようで、私の入念な掃除、シャワーの水圧にも負けず、排水溝に流されることなく、焚きあがったお風呂にぷかぷかと浮いていた。それを母が発見した、とそれだけの話である。

しかし、ふやけた絆創膏と母の楽しそうな笑い顔を見たら、実家ならではの緩さに私は何だか気が抜けるのを感じた。私は、そのまま服を脱ぎ去り、いつまでも笑い続ける母が浸かる浴槽に飛び込んだ。母とお風呂に入るのは久しぶりであった。

お風呂上り、私の足の指に貼られていた絆創膏もすっかりふやけていた。ふにゃふにゃの絆創膏を剥《は》がすと、日頃のヒール疲れも私からするりと剥がれた。そして日常から解放された私は、実家の温い空気に浸り、少しだけふやけた気がした。

笑う母　ふやける私

東北の地方都市に実家のあるA子さん。現在京都で一人暮らしをしているが、その表情はいつも明るく爽やかだ。教員資格を取るため、塾の講師をしながら現在大学で学んでいるため、帰省することもままならない。

今回のカキナーレには、そんな彼女が久しぶりに帰省した時の一こまが描かれている。

帰省した晩、ささやかな親孝行のつもりでお風呂掃除をかってでる。その掃除ぶりも日頃の感謝をこめて「ゴシゴシと擦った」とあるように、どこかよそゆきな気分が漂う。が、その気分を一気に溶解させたのは「みっちゃん、本当にちゃんと洗った!? 昨日お風呂で落とした絆創膏が浮いてたんだけど! あーおかしい～」と言って明るく笑う母の、何とも言えない大らかさだった。しかも「ふやけた絆創膏を片手にひらひらさせながら」というお茶目な姿を見ては、よそ行きの衣も脱ぎ捨てるしかない。一瞬にして、昔、実家にいた時の自分にタイムスリップして、そのまま服を脱ぎ、いつまでも笑い続ける母が浸かる浴槽に飛び込むのである。

彼女にとっての実家―それは「ふやけた絆創膏と母の楽しそうな笑い顔」だった。どちらにも共通するのは「ふやけた」に象徴される「緩さ」である。そしてその緩さを最も効果的に示しているのが、お風呂上りの彼女の足の指に貼られていたふやけた絆創膏だ。それは、「日頃のヒール疲れをもするりと剥がしてくれた」だけでなく、都会での一人暮らしの緊張をも溶解させてくれたのである。

実家。若い彼女にとって、そこは日常に対する非日常、いわば心身のオアシスなのだ。

こんな母親の待つ実家をもつ彼女を羨望《せんぼう》するのは僕だけではないだろう。


（新聞掲載日 10・6・10 47回）

✣ 夏は家で「貴船する」 ✣

「おいしい闇」

（03年高3A子）


「今晩〝貴船〟するから。」

お母さんの一言。夏になると飛び交う我が家の暗号みたいなものだ。

京都に貴船という場所がある。そこには多くの高級料亭があって納涼床で涼しげな川音を聴きつつおいしい料理を食べることで有名な所だ。そこにあこがれていた両親は数年前家を新築した際、強い希望で納涼床を作った。川は流れてないし正確には納涼床とは言えないかも知れない。けれど、夜がきて鈴虫の声が聞こえてくると、そこは素敵《すてき》な闇に包まれる。そこで夕食を食べることを、うちでは〝貴船する〟と言う。

明かりとなるのはひとつのランプだけ。温かく浮かびあがる手料理と家族の顔。夜の闇は家族の距離をちぢめ近づける。日常とどこか違う空間、闇。いつもよりなぜかよく聞こえてくる音やよく見える家族の顔が、普段忘れがちな物を思い出させてくれる。

同じ食事でも明かりの下で食べるのとランプのほのかな火の元で食べるのとでは全く気分が違うものだ。みんな心のどこかでドキドキしていて、私なんかは小さい子どもみたいにはしゃぐ。こんなおいしい闇を体験できて幸せ。

今の時期、闇に飛び交う蛍が、闇を一層深くする。

闇が家族を近づける

今回は「闇」の魅力について書かれたカキナーレを紹介したい。ちょっとの工夫や想像力によって「闇」も一瞬にして魅力的なものに変わってしまうものだが、今回の「闇」には、京都文化が色濃く投影されている。

冒頭の「今晩〝貴船〟する」は、その象徴である。A子さんのお宅では数年前に家を新築した。その時、両親の強い願いから貴船風の納涼床が作られた。それ以来、彼女の家ではその床での夕食を「貴船する」と呼ぶようになった。ということは、すでにこの時点で、彼女の家の「闇」には、納涼床だけでなく貴船の地名が強く意識されているわけである。

そんな闇に包まれた納涼床での食事は普段の夕食とは全く違う。「温かく浮かびあがる手料理と家族の顔。夜の闇は家族の距離をちぢめ近づける」という食事は、家族みんなに普段忘れがちな物を思い出させてくれる貴重な時間、いわば非日常の世界なのだ。それゆえに、家族はみな、心のどこかでドキドキし、彼女などは子供のようにはしゃぐのである。

だが家族のドキドキ感をさらに増幅させているのが「貴船」であることは言うまでもない。京都の東北に位置する貴船は水の聖地である。この地は平安朝の貴族や文人達が訪れ多くの歌を残しているが、とりわけ闇に飛ぶ螢は格好の題材になった。最後の一文には、和泉式部の、次の歌が意識されている。

〝もの思へば沢のほたるも我が身よりあくがれ出づる魂かとぞ見る〟

この歌は失恋した和泉式部がわが身を螢にたとえ、今もなお私はあなたのことを慕っています、と相手への思いを歌ったものである。

「今晩〝貴船〟するから。」

この言葉には、家族のぬくもりを実感させ、かつ王朝文化を思いおこさせる。彼女は、貴船が投影されたこんな闇を「おいしい闇」と呼んだのである。

それにしても、何の変哲もない闇をこれほどまでに演出し日常を楽しめるご両親。その下で育った

A子さんは、ご両親の願い通りにすくすくと育っている。

（新聞掲載日　10・8・26　52回）

ふられた日の食卓

「家族っていい」

（00年高3A子）

先日、ずっと好きだった人にふられた。正直ショックだった。それでも涙をぐっとこらえて家に帰った。まだ誰も帰っていなかった。洗濯物が雨にぬれていたけど取り込む元気がなくて机にぐったりともたれていた。しばらくしてお母さんが帰ってきて怒りだした。

「洗濯物取り込んでくれなかったの⁉　もう役に立たないんだから……。」

事情を知らない母は死んでるみたいに動かない私にポコポコとキツい言葉を投げつける。

「お母さん……私ふられちゃったよ。」

母は私を見てギョッとしたようだった。めったに泣かない私が今にも泣きそうな顔で、しかも「ふられた」なんて。母の態度は一転した。いそいそと私の隣に座って明るく言う。

「人生最低三回はふられなきゃダメよ。それぐらいでくよくよしなさんな。んー、それは十代だわね。」

さっきまで怒っていたのはどこへいったのやら。その日の夕食は見事に私の好物ばかりがずらりと並んだ。その上、どういうわけかいつもはそっけない兄までが、誕生日でもないのにケーキを抱えて帰ってくるではないか。母からケータイに電話があったらしい。私の知らない間に、気がつけば家族全員が知っているようだった。不自然な笑顔でにこにこする家族。けれど、悪い気はしなかった。家族のあったかさが身にしみて分かった。その時私は初めて涙をこぼした。ふられたことに対してではなく、家族の優しさに胸をうたれたからだ。けれど、家族はそんなこと知らない。食事中に急に涙をこぼした私を見てよけい動揺しているようだった。

「何、泣いてんねん、おまえ。」兄があたふたと言う。

「べつに悲しいから泣いてるんじゃないわよね。優しい子だから泣いてるのよね?」

母が言った。

私はここの家に生まれて本当に良かった。

家族ってあったかい

最近のニュースの中でも、子供を虐待する親、親に暴力を振るう子供、家庭崩壊を報ずるものが増えている。だが、実際は平凡な毎日の中で、心温まる生活を送っている家族も少なくない。今回のA子さんの家族もその一つと言える。それに加えて、このカキナーレを読んだ大学生たち(後掲)が、こうした家族のあり方を理想としているのがうれしい。このような感想を読むと、「最近の若者は利己的だ」などという、大人達の声など吹っ飛んでしまう。

「ふられた」と聞いたとたんに態度を一変させて慰める母、ケーキを抱えて帰って来る兄、そして特別な表記こそないもののきっと食卓の上座でどっしりとほほ笑んでいるであろう父。家族が筆者を思いやる気持ちにあふれた部屋を容易に想像することができる。

読んでいるこちらまで温かい気分になった。（09年大学2年B子）

作者の家庭のあたたかさが文面から伝わってきて、涙もろい私の目頭はつい熱くなってしまった。彼女は好きな人には振られてしまったけれど、自分の一番身近な家族がとてもかけがえのないもので、そこに素敵《すてき》な幸せがあることに気付けて良かったと思う。読んでいる僕も、家族への思いを再確認できた。家族っていいなあ。（09年大学2年C君）

作品に登場しない父親の存在まで想像したB子さん。家族のあたたかさに目頭を熱くしたC君。A子さんを含め、次世代を担っていく彼らの想像力や感性、そして人を思いやるやさしさにエールを送りたい。

それに今ひとつ、忘れてはならないこと。それは、わが子をとことん信頼する母親の存在こそ家族の絆である、ということだ。

（新聞掲載日 10・2・3 62回）

✣ 両親の別居 ✣

「家族」

（02年高3A子）

父と母が別居した。

両親が別居するって決まった時、私はお母さんについて行こうと決めていた。なぜならお父さんはゴチャゴチャうるさいし、お母さんと一緒の方が気が楽やったからだ。

引っ越しの日がどんどん近づいてきた。なんか引っ越しのことを軽く考えてたのに、お父さんを見てたら本マにこれでいいんかな？と、思った。すごく悲しそうな顔していた。

今まで家族4人で暮らしてたのが一人になるのだから淋《さび》しいのはあたりまえやんって思った。そう思ったと同時に自分が情けないと思った。だってお父さんに口うるさく言われたくないっていう理由と彼氏と家が近くなるって理由で簡単にお母さんについていくことを決めてしまったからだ。お父さんの気持ちなんてちっとも考えてなかった。

それから毎日泣く日が続いた。でも私がどうしたらいいか迷ってることを知ったら、お母さんが苦しむ。私が泣いたらお父さんはもっともっと悲しくなる。だから、今は2人には笑顔でいなあかんと決めた。（略）

今まで親なんて……って思ってたけど、親のありがたさとかは、家族が離れることが決まってから気づいた。とくにお父さんに対して。たまにはお父さんのところに帰ろうと思う。ほんでいーっぱいごはん作ったりして喜ばしてあげたい。

（「家族」と同じ作者）

「父の背中」

昨日、1ヶ月ぶりに父の家に帰った。（略）

久しぶりに帰って見ると、電気はついているのに暗い。一生懸命私は部屋の空気を明るくしようとした。料理をしている父のうしろ姿。1ヶ月前とは全く違って小さく見えた。すごくつらい。父と私はチョコレート好きなのでいっぱい買って二人で食べた。今はテスト中なので、そうゆっくりもしていられなかった。やっぱりいつ見ても悲しそうな父の瞳。心臓が破裂しそうなぐらいつらい。

もう4人で一緒に暮らすことはないの？　お母さん…。

悲しみから家族発見

昨今、別居家庭の子供がずいぶんと増えているようだ。だが、子供は親の別居に対してはほとんど無力だ。とすれば、子供はそうした家族の激変を自分なりに克服していくだけのたくましさを身に付けるしかないだろう。

それでは、A子さんの場合はどうだったか。結論を先に言えば、別居は必ずしもマイナスだけではなかったと言えそうだ。

A子さんはミニスカートにいつも薄化粧をしているような、どちらかといえば今風のギャルであった。もし家族別居というようなことがなければ、ちょっとわがままな、普通の女の子として卒業していったように思う。

彼女は、最初、両親の別居に直面しても、父親に口うるさく言われたくない、彼氏の家の近くになる、という理由から母親についていくことを決めるような、自己中な女の子だった。ところが、引っ越しが近づくにつれて悲しそうな顔になっていく父の姿を目の当たりにすることで、それまでの自分の勝手さに気づき、そのありようを問い直すようになる。と同時に、家族のありがたさにも気づくようになるのであった。(「家族」)

別居一ヶ月後。彼女は父の様子を見に行く。が、その姿は小さく、電気のついた部屋もなぜか暗い。彼女はそんな父を何とか励まそうと、父と自分の好きなチョコレートを一緒に食べるのである。(「父の背中」)

つらく深刻な話なのにどこか救いが感じられるのは、悲しさの中にも彼女の人間的成長が感じられるからだろう。確かに家族の別居は悲しいことだが、自己発見、家族発見していく彼女には拍手を送りたい。

それにしても、やはり、最後の母親への呼びかけは何とも厳しくも痛々しい。

（新聞掲載日　11・3・3　64回）

✣ 新しいお父さん ✣

「家族」

（02年高2A子）

今、私は家族3人で仲良くドラマを見ている。私はこの時間が一番好きなのだ。休日だって3人でお出かけするし、晩ごはんだって必ず3人揃ってから食べる。これは私が他人に自慢できるルールだ。

今でこそ家族が好きなことを誰にでも言えるし、家族にだって素直になれるが、中学時代は家族と会話をするのもダルくって、その存在すらウザかった。晩ごはんを食べ終わったら自分の食器だけを洗ってそそくさと自分の部屋に閉じこもった。でも、あることをきっかけに親の愛情なしには自分はないことに気づいた。それからは、私と家族のキョリは見る間に縮まった。

実は、今私が一緒に住んでいるお父さんは、本当のお父さんではない。(略)見ず知らずの私を本当の娘のように育ててくれてる父に、これをきっかけに感謝の気持ちを伝えたい。ほんとにありがとね。私が結婚する時には一緒にバージンロード歩こっか。


(04年高3B子)

「お父さん」

私には「お父さん」が2人いる。1人は一緒に暮らしていないが血のつながった父親。もう1人は血はつながっていないけど一緒に暮らしている父親。2人とも私の本当のお父さん。どちらのお父さんも同じくらい好き。だから本当はみんなで一緒に暮らしたい。でもそんなの無理だとわかってる。

初めはこういうことになったことで母親を恨んでた。でも、よくよく考えてみると、離婚がなければ再婚もないわけで、再婚がなければ、今のお父さんとも出会えなかった。そう思うと、ある意味母親に感謝しなければならない。お母さんもお父さんたちも今は幸せに暮らしている。だから私はそれでいい。何も言うことはない。

今年の父の日。もちろん私は2人のお父さんにプレゼントを渡した。でもその中身……色違いのパ・ン・ツ!!

心の葛藤《かっとう》乗り越えて

最近、再婚家族で義父が再婚相手の連れ子を虐待するケースが増大しているというニュースを見た。親の都合で結婚したのに何でその子が虐待されなければならないのか、と暗い気持ちになっていた。

今回のカキナーレは、そんな僕の気持ちをほっとさせるものだった。どちらも母親の再婚によって見知らぬ男性を新しい父親と呼ぶことになったが、今では円満に暮らしているというものだ。その間には、当事者しか分からぬ苦労や葛藤が数多くあったに違いない。

Ａ子さんのカキナーレにはその一端が生々しく綴られているが、彼女の場合、その葛藤の末に生み出されたのが何事も「家族３人が揃って行動する」という独自の家族間のルールだったのである。

一方、Ｂ子さんの場合は、実父との関係（父を慕っていた？）がからんできているので、義父（母が愛している）を受け入れるまでの軋轢《あつれき》は、相当厳しいものだったに違いない。その克服のためには、感情を抑えつつ、両親・義父そして自分自身を客観的に見つめ直す目が必要だったのである。

「でも、よくよく考えてみると」以下の文章には、これまでの事態を冷静に見つめる目が光っている。やや理屈っぽい表現であるが、そこには彼女の心の葛藤や愛憎の数々が凝縮されているようだ。

それにしても、彼女達の、父達へのプレゼントはどちらもステキだ。Ａ子さんの「一緒にバージンロード歩こっか。」には、思わずホロリとさせられるし、また、「父の日」に「２人の父親に色違いのパ・ン・ツ」をプレゼントしたＢ子さんからは、ユーモアのセンス、絶妙なバランス感覚が読み取れる。

この2人、きっと今頃、素晴らしい伴侶と出会い父達を喜ばせているに違いない。

（新聞掲載日　13・6・27　119回）

✣ 年をとるということ ✣

「わたしのおじいちゃん」

（97年高3A子）

私のおじいちゃんは西陣の織匠で今年96歳になる。なんせ、1901年生まれというのだからいろんな事を体験してきた。少し耳は遠くなったけど腰も曲がっていないし何でも食べる。グチ一つ言ったことがない。それに何と言ってもまだまだ生きるぞ！って感じがみなぎっている。そんなおじいちゃんだが、一つだけ深刻な悩みがある。それは、友達が少ない、ということだ。嫌われているわけではない。たくさんいた友達もほとんど亡くなってしまったからだ。時々苦笑しながら「年々友達が減っていくなぁ」とつぶやく。私は（そりゃ、年が年だし）と思うけど、おじいちゃんにしたら、やっぱりいやなもんらしい。

今日また一人、おじいちゃんの友達が亡くなった。その友達というのも、83歳のおじいさんで、有名な茶人だった。とても声が大きく占いが好きな人だった。毎週うちに来て花を生けてからおじいちゃんと話をし、帰っていく。そして又次の週に現われて、また……という具合だったのに。

その日の晩御飯の時、おじいちゃんは、御飯のお代わりをしながら「そうか。亡くならはったか。」とつぶやいた。涙は少しも流さなかったけど、その言葉にはため息のようなものが混じっていた。食事もいつもより早く終わり、お茶碗を片付けてひとりぼうっとしていた。前に座っていた私や弟の顔を見ても何も言わなかった。しばらくしておじいちゃんは自分の部屋に戻って行った。

友達が死ぬなんて今の私にはとうてい考えられないが、年をとるっていうのはこういうことなんだということがわかった。だったら、年なんかとりたくないと思った。こんなことおじいちゃんに言ったらきっと「勝手な意見だ」と言うだろう。けど、こんな馬鹿げた考えこそが若いってことなのかも知れないと思った。

友達が死んでいくこと

高齢化社会の日本である。お年寄り達は元気だ。外見はもちろん内面的にも若々しい。そんな老人達は、果たしてどんな時に「老い」を感じるのだろうか、などと考えていた矢先、恩師（86歳）から電話があった。

電話の最後に、少し淋しげに「君、先日大学の同窓会があったが、去年よりずいぶん減っていたよ。」とお話しされた。ご自身はまだまだ現役並みの心身をお持ちである先生である。だが、その先生にして友人の不在（死）が、ご自身の老いを自覚する契機になっておられるようであった。その事が強く心に残ったが、今回のカキナーレは、そんな恩師の心境を改めて理解する縁となった。

A子さんのおじいちゃんは96歳。少し耳は遠くなったが、今なお前向きに生きる現役の西陣織匠である。だが、おじいちゃんには、友達が少なくなっていくというただ一つの悩みがあった。最初は（そりゃ、年が年だし）と考えていたA子さんだったが、おじいちゃんと親しかったお茶人の死によって、「年をとっていくこと」は、「友達が死んでいくこと」と同義であることに気づくのである。換言すれば、「老い」は、親しき人との別離（死）によって知らされる、という発見である。また、人間というものは他者との関係性の中で生きる存在であることの気づきでもある。

だからこそ、若い彼女は、「友達が死ぬこと」が、年をとることだったら、年なんか取りたくない、と思ったのであろう。それを彼女は「馬鹿げた考え」と謙遜《けんそん》するが、18歳の「若さ」にして、早くも老いの心理を洞察する彼女の感性はなかなかのものである。

（新聞掲載日　11・9・15　77回）

心の成長

父の最後の贈り物

（09年大2年A君）

私の家は母子家庭である。私が中学3年生で高校受験を控えていたとき、父は脳卒中により急逝《きゅうせい》した。前日まで元気に過ごしていた父。その父が寝る前、普段は言わないのに「おやすみー」と私に声をかけてくれたが、私は反抗期の真っ最中。返事はしなかった。

母にも冷たくあたっていた。言ってはいけないこともたくさん言ってきた。今思うととてつもない親不孝だった。兄は大学受験に失敗し、姉はすでに結婚していて実家にはいなかった。家族の絆は今にもぷっつりと切れそうで、ばらばらになりそうな家族を父は必死に繋《つな》ぎ止めていたのではないかと、今になって思う。

次の日、父は亡くなった。ばたばたと葬儀の段取りが行われ涙を流す暇もなかった。父の亡骸《なきがら》を目の前にしても今にも起きあがりそうで全く実感が沸かなかった。それは家族みんな同じおもいだったようで、葬儀の段取りをしてる最中から一通り終わるまで、家族の誰一人涙を見せなかった。

一通り葬儀が終わりようやく落ち着いた頃、久しぶりに母の夕飯を食べた。その日の献立はギョーザ。父の一番好きな料理だった。母はギョーザを作りながら泣いていた。私が何も聞いてないのに、母はタマネギを切ったからと言っていた。兄も私も台所に来て夕飯の手伝いをした。

その日の夕飯は、いつもよりもちょっと塩分が多めだったように思えた。その日の夕飯が終わると、兄は何も言われずとも食器を洗った。私は少し散らかっていた部屋を片付けた。兄も私も、これからは俺たちが母さんを支えていかなきゃならない、という思いは同じだったのである。不謹慎かもしれないが、今にして思えば、父の死が私たち家族の絆を取り戻してくれたのだ。そして、それは今までで一番大きくて、特別で、大切な、父親からの贈り物になったのである。

自己理解、他者理解

反抗期は親も大変だが、子供も同じように大変だ。今回のカキナーレの筆者・A君は、反抗期の最中、父親が急死するという不幸に遭遇する。だが、母を中心に兄弟が結束し、現在は大学2回生となった。第三者からみたら何の問題もない孝行息子に見えるが、実は彼には、何としても克服しなければならない課題があった。

それは思春期の自分や急死した父について客観的立場から問い直すことだった。と言うのは、反抗期中の彼と父とは全く意思の疎通がなかった。その上父が急死したため、父やその死の意味を知ることもなくきてしまったからだ。

しかし、その課題克服にはどうしても、自己理解、他者理解が必要だった。それは又、人間の成長に不可欠だった。だが、彼は高校時代のことは書いてはいないが、この数年間の心の成長はめざましく、大学2回生の今、思春期時代の自分や父を冷静に観察する第三者の目をしっかり身につけている。

次に、そんな彼の成長ぶりをみていきたい。

まず思春期の反抗期の自分については、次のように冷静に自己分析する。両親にも冷たくあたり、言ってはいけないこともたくさん言ってきた、とてつもない親不孝だったと。

また、父の死についても、次のように意味づける。「不謹慎かもしれないが、……それは今まで一番大きくて、特別で、大切な、父親からの贈り物になったのである。」と。特にここで大事なことは、「父の死」が自分への最後の「贈り物」だった、と認識していることだ。なぜなら、これによって彼は、家族の絆のために一心に生きた父の意志や、そんな意志を伝えようとした「父の死」の意味を知ることができたからだ。「父の死」を扱ったこの作品が、少しも暗くないのは、この「贈り物」の比喩が効果的だったからだろう。なぜか希望さえ感じられる。

（新聞掲載日 13・4・18 114回）

✣ 増加する共働き世帯 ✣

「誰もいない家」

（02年高2A子）

私の家は共働きだ。だから、私は1人でいる時間が長い。私のために働いている両親。そんなことわかっている。だけど……。

冬、辺りは暗く寒い。手をポケットにつっこんで早足で帰りドアを開けると、そこはまたさらに暗くて…なんて、ちょっとさみしいんだ。ドアを開けて「おかえり」なんて言ってくれる人はいない。1人でテレビをつけてコタツに入る。なんだかさみしいんだ。

冬だけじゃないよ。夏、空が青くて気持ちがよくて、小さな子ども達が遊んでいるのを見て後、ドアを開けても、やっぱりだれも「おかえり」とは言ってくれないんだ。何か学校で良い事があって、お母さんにそれを伝えたい時だって、お母さんが帰ってくるまで伝えられない。はやく知ってほしいのに。

小さい頃から両親が共働きだったから慣れてるが、さみしいよ。


（99年高3B子）

「共働き禁止令」

未成年が引き起こす事件の原因の多くはストレスだ。そのストレスを作っているのは家庭。その一番の原因は共働き。学校から帰って家に誰もいないというのは、知らないうちに子供にストレスを与えていることになる。

私の経験でも、共働きの家庭の子供は親がいなくて気楽だとか、1人でいろんな事ができるようになるとか言われる。中にはそれで本当に大人っぽく、たくましく育つ人もいるが、逆に自分はもう大人だと思いこんでしまっているため、人の話を聞かない、ケバイ化粧をする、お酒を飲む、タバコを吸うなどの行動をとってしまう人も多い。その上、家族と顔を合わす時間が少ないと、親は子供がどんな行動をしているも分からない。共働きをしないと生活が苦しい家庭は仕方ないけど、そうではない家庭は、これからの社会を担う子供達のために絶対やめてもらいたい。だから、私は今、世界中に「共働き禁止令」を出したい。

子供との関係問い直す時期

私事で恐縮だが、今回のカキナーレを読んで東京にいる孫娘のことを思い出した。実は孫娘もカギっ子で、彼女が11歳（小5）の時、東北大震災が起きた。当時、学校から帰った孫娘は1人でマンションに居た。交通網が途絶えた中、息子はとっさの判断で自転車を購入し、都心から離れた職場から5時間余りかかって娘のいる家に帰った、と言う。後日、これを知った時には、心底ゾッとした。

今回、2人の女子高生のカキナーレを読み、これほど率直なカギっ子の本音を聞いたことがなかったのでびっくりした。思わず孫娘の心中を思いやってしまった。特にA子さんの「誰もいない家」は、まるで散文詩を読んでいるような文章で、思わずほろりとさせられた。

また、B子さんの作品は、極力感情を抑えつつもカギっ子が抱えるストレスの大きさ、その影響の大きさを訴えたもので深く考えさせられた。「共働き禁止令」は、そんな彼女からの提案だけに黙過できなかった。

だが、今や共働き家庭が5割を越える時代である。今回のカキナーレのようなことを言う子供、それも高校生になってまで言うのはあまりに幼いかも知れない。当初、私もそんな思いを持っていたが、視点を変えて読んでみたら、全く違ってみえた。それは、子供というのは、これほどまでに家（両親）の影響を受けながら（受けることを期待しながら）成長しているということである。つまり、本来子供は、子供として生まれるのでなく、親の愛によって家族の一員としての子供になっていくことに気づかされたのである。

４月。新学年がスタートした。ある意味、子供との関係を問い直す時期でもある。子育ての形態は多様であってもよい。だが、子供にとって親の存在、親の愛情は絶対であることを決して忘れてはなるまい。

孫娘も今年、中３になった。大人っぽい口を利くようになったが、根っからの甘えたは変わらないようである。

（新聞掲載日　14・4・10　138回）

III

恋愛・教師
友だち・バイト
編

女子たちの恋愛事情

（07年大2年A子）

「恋愛観」

私には付き合って2年になる彼氏がいる。私たちの付き合い方は本当に変わっている。

それは、『自由主義』。

一見普通やん！って思うかもしれない。でも、変わっている。どこがだって？　それは…浮気・合コンがOKだということ。浮気っていうのは〝本命〟の人がいての浮気だ。〝本命〟の人あらずして、浮気なし。つまり、私たちはお互いが〝本命〟の彼氏彼女なのである。浮気して、彼氏（彼女）以外の人と何したって、結局のところ私たちはお互いのところに戻ってくる。それだけ信頼しあって、愛し合っているからこそできる付き合い方だと思っている。単純に考えて、一人の人とずっと一緒にいるってもったいなくない⁉　今の彼氏と真剣に結婚は考えるけど、おおいに遊べるこの花の大学生活を十分利用しないでどーするの？　彼氏がいるって相手が知っていたとしても、告白されたらうれしいでしょ？　ご飯に誘われたらいきたいでしょ？　合コンにだって。私は、一夫多妻制ならぬ、多夫多妻制を推進します‼

「フラれて元気」

最近失恋した。3年近く付き合ってたのに。一時はへこんで鬱《うつ》になって辛《つら》かったけど、今はもう元気。それに、いいこともいっぱいある。合コンもいけるし。男の子のメモリが入ってても怒られへんし。わざわざ高い交通費出して会いにいかんでいいし。プレゼントのために節約せんとばんばんお金使えるし。だいたいあんなんよりもっといい人おるし。次の彼氏はジャニーズ系やし。てゆうかジャニーズやし。フラれて元気。超元気。

（06年大2回B子）

フラれても「超元気」／合コン行けるし、もっといい人おるし

昔から、人の恋路に口を挟むほど野暮《やぼ》なことはないと言う。が、最近急速に進んでいる晩婚化・非婚化の傾向を知るにつけ、一体若者達はどんな男女交際をしているのか気になり、アンテナを張っていたら、今回のカキナーレが見つかった。やっぱりそうか、というのが最初の感想だった。ともかく女の子が元気だ。もっともこれは恋愛に限らないが、青春の最大イベント・恋愛でも男子は劣勢だ。

まず元気印の女の子A子さんを紹介する。

A子さんの自由奔放な恋愛観には一瞬度肝を抜かれた。彼女には本命の彼氏がいる。だが、その彼

をキープした上での合コン・浮気はＯＫという。一方、彼との結婚は真剣に考えるけど、声をかけられたら大いに遊びたい。これが花の大学生活なのだと言う。

これまでの男女関係では、遊びとしての恋愛（浮気）は、女性側のリスクが高いこともあって女性は慎重だった。その点で彼女の奔放ぶりは際だって見える。が、少々彼女を擁護すれば、その真意は「一夫多妻制ならぬ、多夫多妻制を推進します」の一文にこめられているのではないか。つまり、恋愛においてはもちろん、その他においても男女は五分五分なんですよ、という意味での多夫多妻宣言なのだ。

もう一人の元気印のＢ子さんの場合、失恋したときの立ち直りのよさ、というか切り換えのはやさは見事である。きっと内心ではつらい思いもあるだろうが、それは表に一切出さず、フラれたことの利点を次々と例示しながら次なる男に向かっていく、前向きな姿勢には思わず応援したくなる。

〝フラれて元気。超元気〟

昔も今も、男はこうはいかないだろうなぁ。

（新聞掲載日　09・11・5　33回）

✣やさしい男子たち✣

「ぼくの彼女を紹介します」
（07年大2年回A君）

ほんとにあいつには困ってしまう。何かにつけていいわけ、いいわけ。おれはいつも振り回される。

ある日家に帰ったら、おやつにとっておいたスナック菓子をあいつが一袋全部食べてしまっていた。「一袋で何キロカロリーあると思うんだ?太るぞ。」

『ラクダのコブってあるじゃない?将来の食糧危機に備えてるの。』

夏に向けてあいつが水着を買ってきた。得意そうに試着しておれに見せてくるが、去年よりおしりの下にくいこみがあるような。

「けっこうおしりの肉あまってない?」

『安産型!安産型!』

夕ご飯。箸からすべってカーペットに落ちたニンジンを、あいつは指でつまんで口に放りこんだ。「床に落としたものを食べるなよ!」

『免疫力を高めてるの。』

ほんとにあいつには困ってしまう。何かにつけていいわけ、いいわけ。おれはいつも振り回される。（そんなに嫌なら別れればいいじゃない？）

「あいつはおれがいないとなにをやらかすかわかんないから、仕方なく面倒見てやってるんだよ。」

ん、これってもしかしておれのいいわけ？

「ヤキモチやきの彼女」

（07年大2年B君）


僕の彼女はヤキモチやきだ。

僕が他の女の子を呼ぶだけでムッとしてる。

「勝手に二人で仲良くラブラブしてたらいいやん！！」そんなつもり全くなかった。

（略）彼女は一通りプンプン怒って、後で我に返ったように「ごめんね、さっきの気にせんといて。嫌いになった？」なんて言う。

僕が彼女を嫌いになれないのはそういうところだ。ほんとはさっき他の女の子を誘ったのも、ヤキモチやいてほしいからだったんだ。そんな僕の気持ち知らない彼女はまた今日もプンスカ。

僕の嬉《うれ》しい苦労は絶えない……

思いやる心　しなやかに

昨今の男の子は温和《おとな》しくて優しい。

「俺について来い！」型の男の子が消滅していったのは、飽食時代に入った80年代の頃であるから、もう30年近くなる。それと反比例して男の子の女の子へのギラギラした欲望は陰を潜めていった。一方、女の子も経済力をつけていくにつれ、いかつい男よりもやさしい男を求めるようになった。

A君のカキナーレには、女の子のわがままに振り回される、そんな男の子の様子がリアルに書かれている。振り回されながらも決して彼女を捨てるわけでなく、最後まで支えていこうとする姿勢、やさしさが読み取れる。

一方、B君にも彼女のやきもちをもてあましながらも、それを嬉しく思っているところがみえる。彼らに共通するのは相手を思いやるやさしさだ。一見、軟弱に見える彼らだが、「相手を思いやる」には、なにより精神のしなやかさがいる。これはある意味で戦後の平和と豊かさの象徴のように思える。

男は「りりしく」なければという年配者の気持ちもわからぬではないが、その危険性を指摘した数学者の森毅氏の言葉がとても示唆に富んでいるのでその概略を紹介しておく。

人間というものは、りりしさに憧《あこが》れる癖を持っていて、やさしさの世界をつきぬけてとびたちたがるものだ。それも一つの方向へ向けて歩みだすので、それが強まったときは、「やさしさ」を切り捨ててファシズムを生み出す。それに対して、お互いの情感を探り合いながら生きるやさしさの世界は、少々まどろっかしく見えるが、危険は少ないものだ。

「ん、これってもしかしておれのいいわけ？」「僕の嬉しい苦労は絶えない……」

どちらの最後の一文にも、相手を思い、受容していこうとするやさしさが満ちている。多少のまどろっかしさはあるにせよ。

（新聞掲載日　09・11・18　34回）

✣ カップルたちの梅雨 ✣

「相合い傘」

（99年高3年A子）

この季節、町は傘、傘、カサでいっぱいになる。必然的にカップルは相合い傘となる。傘二本持ってても彼らは一本の傘に入る。うっとうしいこの〝ツユ〟という季節は、彼らにとってはいい口実になる。

この季節、町はカサ、カサ、傘でいっぱいになり、雨の中、私は美しい光景を目の当たりにするようになる。一本の傘に入っている彼らの場合、たいてい男の子が傘をさして、女の子は彼の腕に自分の腕をからませて歩く。そして、たいてい男の子が持っている傘は傾くのだ。

この季節、カップルの傘は傾いている。あるいは、必ずと言っていいほど、二人の真ん中に傘の柄はない。そう、女の子よりに傘の柄は存在する。そして、男の子の一方の肩から腕は雨に滴る。それでも、彼らが持つ柄は常にカノジョ寄りにあるのだ。

この季節、じめじめして蒸し暑くうっとうしい。だが今年、それだけじゃないと気づいた。雨上がりの空やアジサイの花が美しい事は前から気づいていたが、今年、この相合い傘も美しいことに気づいた。コレは美しいだけじゃなく、温かいものでもある。アメに濡れてる方は冷たいのだが、カレとカノジョがからめているウデはぬくもりが保たれている。傘の下は、まさしく二人だけの世界。

この季節、私の目は相合い傘を見ると、傘の傾き加減や柄の位置を確認してしまう。まっすぐな傘を見つけると、〝もっとかたむけーよ〟とか思ってしまう。そして、傾いているカサ、柄の位置がずれているのを見つけると、ソレを持っている男の子の気持ちを勝手に想像し、一人幸せな気分になり、家路につくのである。

やさしく傾く相合傘／彼の肩は雨にぬれても

湿気で膨張した髪がうねうねとなる梅雨。若い女の子達には最も嫌われるシーズンだ。だが、A子さんは、そんなうっとおしい梅雨を、ちょっと視点を変えるだけで楽しい季節に変えてしまった。

そのきっかけとなったのが、相合い傘。カップルにとって梅雨は相合い傘になる絶好のチャンス。彼女はそんなカップル達の様子を冷静に観察する。その結果、たいてい男の子が持っている傘が女の子側に傾いていることに気づく。そしてそれが、女の子を守ろうとする男の子のやさしさであることに感動するのである。

彼女側に寄っている傘の「傾き」。ひょっとすると、「傾き」に目を付ける人はいるかもしれないが、そこから「男の子のやさしさ」や「ぬくもり」まで思いを馳《は》せていく展開は、何とも新鮮だ。

そして、彼らがからめているウデのぬくもりをわが事のように受けとめる彼女。またカサの「傾く」カップルと出会うことで、幸せな気分になって家路につく彼女。そんな彼女にとって、もはや相合い傘は、客観的対象でなく、いわば彼女の生き方とつながったものになっていることがわかる。

それにしても、梅雨をこれ程までにポジティブに捉えるA子さん。彼女の日常はどんなにか楽しいことだろう。

彼女の影響なのか、僕も相合い傘のまっすぐなのを見つけると、思わず「もっとかたむけーよ」と思ってしまう昨今だ。

（新聞掲載日　09・7・9　26回）

❖「坊ちゃん」か「赤シャツ」か❖

「結婚相手」

（06年科目履修生A子）

先日、私は親友の結婚式に出席した。彼女はとても幸せそうだった。実は新郎と知り合う前に、彼女にはずっと付き合っていた人がいた。彼は大学院で勉強を一途に続けていて収入がなかった。そこで結婚願望の強い彼女は彼に見切りをつけた。お見合いをしたのである。お相手は某大手自動車会社の有能な技術者だ。彼女の幸せな姿を見て私は嬉しかったのだが、結婚について少し考えさせられた。そこで、『結婚』をテーマに漱石の「坊ちゃん」を考えてみた。

この作品には対照的な男性が登場する。坊っちゃんと赤シャツだ。もし私が坊ちゃんと赤シャツからプロポーズをされたら一体どちらを選ぶだろうか?

坊ちゃんはまっすぐな人で正義感が強い。好きな人はどんなことがあっても大事にしてくれる。しかし不器用なので出世は望めないだろう。いや、それどころか、会社を辞め生活に困ることになるかもしれない。

その点、世渡り上手な赤シャツは、出世の階段を上り、姑息《こそく》な手を使ってでもライバルを蹴落とすだろう。私はセレブな生活を送れるにちがいない。その上優しい言葉もささやいてくれそうだ。しかし浮気は避けられない。

と考えていくと、恋愛なら坊ちゃん、結婚なら赤シャツということになるかもしれない。結婚は生活なので、やっぱりお金が必要だ。親友のように社会的地位のある人を選ぶのは悪いことではないし、むしろ将来を考えたら当然である。

でも、もし私が赤シャツと結婚し裕福な生活を送ることになっても、坊ちゃんへの羨望の眼差しを消すことはできないだろう。ということで、私の妄想の決着は今の時点ではついていない。

現代の価値観の反映

親友の結婚式に出席したA子さん。花婿席にいたのは、彼女が長年つき合っていた院生ではなく、エリート男子だった。それで彼女は、結婚対象の男性像について考えを巡らすことになったのだが、その事例にしたのが、あの「坊っちゃん」（漱石）の中の人物、坊っちゃんと赤シャツだった。

教頭の赤シャツは、万事に隙なく、処世術も上手い東大出のエリートだ。彼は、同じ学校の数学の教員うらなりの許嫁《いいなずけ》のマドンナを手にいれるため色々と画策する。その一つがうらなりを宮崎の学校に転勤させるようにしむけたことだ。そんな赤シャツを坊っちゃんは、持ち前の正義感から批判するのである。

A子さんはそんな2人を比較し、恋愛なら坊っちゃん、結婚なら赤シャツと思うのだが、最後の最後、感情としては人間味溢れた坊っちゃんを捨てきれないのである。

僕はそんな「古風」なA子さんの考えに若干の不安を覚えていたが、数年後、彼女から届いた結婚報告のハガキを見て、その不安は解消した。そこには、「不器用な彼ですが共働きしながら歩んでまいります」と添え書きがされていたのである。それは、赤シャツでも坊ちゃんでもない、第3の男性、人生を共に戦っていける男性を選んだ、彼女の独立宣言だった。読者の見方は、正義の坊ちゃん、悪者の赤シャツだったが、最近の女子高生の見方はずいぶん変化している。次はその一つだ。

〝やっぱり私は坊っちゃんが嫌いだ。それは、くだらない正義感を持っていて、考えが浅くて目障りだからだ。それに比べ赤シャツは理想的な人物だ。考えが深くてお金持ちで邪魔者は消す主義で、女性にも優しくすごくカッコ良い〟

こうした人物評価の逆転は、現代の価値観の反映でもある。

（新聞掲載日　14・7・17　45回）

✣　のび太の生き方　✣

「理想の男性像」

（09年大学3回生A子）

私の理想の男性像はのび太である。

大抵の人はこれを聞くと驚く。しかし私は至って真面目である。のび太ほど良い男はいないと思っている。のび太とは、言うまでもなく、ご存知「ドラえもん」に登場する、何をやってもダメな小学5年生の少年のことである。ジャイアンやスネ夫にいつもいじめられ、そのたびにドラえもんに助けてもらうのだ。確かにこれだけではのび太はただのダメ男だ。しかし、そんなのび太もやがては静香と結婚することとなる。

静香といえば勉強もでき男子のあこがれの的で、のび太には高嶺の花だった。では何故静香はそんなダメ男を選んだのか。その答は、結婚直前、不安を口にする娘・静香に言う父親の言葉の中にある。

「私……不安なの。うまくやっていけるかしら」

「やれるとも。のび太くんを信じなさい。のび太くんを選んだ君の判断は正しかったと思うよ。あの青年は人の幸せを願い、人の不幸を悲しむことのできる人だ。それが一番人間にとって大事なことなんだからね。彼なら、間違いなく君を幸せにしてくれると僕は信じているよ」（『のび太の結婚前夜』）

私の言いたかったことを静香の父親が、全て言ってしまったので、これ以上説明する必要はない。あえて言うなら、外見にばっかりこだわってチャラチャラした最近の男に比べれば、のび太の方がよっぽど男らしい。

そんなこんなで、男性から「好きなタイプは？」と聞かれたら、迷わずのび太と答える。しかし、のび太に当たる確率はかなり低い。今まで何人かの男性と付き合ったり遊んだりしてきたが、どれもただのダメ男ばっかりだった。私がのび太が好きだと言ったから、皆勘違いしたのだろうとは思うが……。

今、私の膝の上でごろんごろんしているこいつも、またはずれのような気がする。

本当の強さは優しさ

今回のカキナーレは、のび太を『理想の男性像』とするA子さんの作品だ。確かに「何をやってもダメ男」のび太のイメージと『理想の男性像』とは結びつかない。だが、ドラえもん愛読者の彼女は、その根拠として静香ちゃんの父親の言葉をあげる。

「あの青年は人の幸せを願い、人の不幸を悲しむことのできる人だ。~彼なら、間違いなく君を幸せにしてくれると僕は信じているよ」

この言葉には、二つの重要な命題が含まれている。一つは人間の真の幸せとは何か。いま一つは人間の本当の強さとは何かである。そして、この言葉から導き出されるのは、人間の幸せは一人ではなく他人との共感の中で感じられるものであること、また人間の強さとは、他人への優しさから生まれるものであること、である。だからこそ、静香の父親は、これが「人間にとって一番大事なことなんだ」と言い、そしてA子さんもまた、彼を理想の男性像としたのである。

『ドラえもん』は、誕生してからもう40年余りたつが、その人気は高い。だが、昨年の3・11以後、さらにブレイクしているらしい。震災をきっかけにこれまでの自分を見直してみよう、その手本としてのび太の生き方が注目されているようである。その根本的要因に、これまでの自己中心的・一方的なまなざしから、人と人とがこだまし合うまなざしへの転換があるだろう。これは、「こだまでしょうか」の詩人・金子みすゞの詩が人々に受容されていることとも響きあう。

東北大震災の3年前、そのことに気づいていたA子さん。その豊かな感性と鋭敏さには脱帽だ。それに対する男達は……。ただのダメ男からのび太に変身できているだろうか。


（新聞掲載日　12・2・22　87回）

✣「嫌い」と言えない✣

（97年高3A子）

「あんみつ」

あたしは、あんみつとかみつ豆とかのところてんが食べられない。うっちーの家に行った時、そのあんみつが出てきたので私はびっくりした。一つのお皿に2人分がどっさり盛られていた。スプーンはもちろん二つで、飾りのさくらんぼも二つ。はっきり言ってどこをとってもラブリーあんみつ。これであんみつが好物だったら言うことないのに……と、しくしく思った。スプーンを持ったもののなかなか手が出せない。どんなものにも飛びつく私の手が、ピタリと止まっているので、おかしく思ったうっちーは、「体が悪いのか」と聞いてくる。初めのうちあいまいな返事ばかりしていたが、これではいかんと思い、あんみつが食べられないことを白状しようと思った。がその時、「俺、あんみつ、好きやわ。」と、あんみつを口にほうばりながら言う。

私は「やられた」と思った。もう今から嫌いだとは言えない。仕方がないのでスプーンであんみつをかきまぜていた。すると、底の方にチラリと黄色いものが見えた。ミカンだった。やった！私はミカンが大好物なのだ。これでやっとあんみつにおじゃまできる。早速「おじゃまします」とミカンをすくいあげようとした時、スプーンの縁から白い寒天が乗り上げて、あたしのミカンを押しのけた。また、やられた。もう嫌だ。帰りたい。そう思ってうっちーをチラッと見たら、目が合ってしまった。寒天とうっちーとの板ばさみだ。うっちーの大好物のあんみつ、どうしても食べられない、ごめんなさい。心で謝った。が、その時、「もしかして、おまえ、あんみつ嫌いなんか?」よくぞ聞いてくれました。神様ありがとう。本当にそう思った。それからあたしはあんみつの中のミカンと桃とバニラアイス、うっちーは残りの汁と寒天と小さい豆を食べた。

そういえば昔、あたしの父と母がまだ若くておつきあいをしていた頃、あんみつ好きの父は、あんみつ嫌いの母をデートに誘い出し、誘った場所があんみつ屋だったそうだ。その時、母は目の前であんみつをほおばる父を見て〝この人とは絶対結婚したくない〟と、思ったらしい。あれから25年。そんな2人の子どももあんみつに泣かされている。

気遣いと葛藤の間で

今回のカキナーレは、好きな男の子の家で大嫌いなあんみつを出された女の子が、どうしても食べられず困惑している様子を描写したものだ。「うち嫌いや」と言えば、それまでの話なのだが、それは言わずに最後の最後、彼氏にそれに気づかせる所なんかは、何とも憎い。だが、それ以上に、あんみつと葛藤する女の子の様子は、読者の心を温かくする。

理由の一つは、あんみつを食べられず困惑している様子が、実に女の子らしく表現されているからだ。その典型が、大好きなミカンを発見しそれをすくいあげようとした時の「これでやっとあんみつにおじゃまできる」の表現だ。実に可愛らしく、表現も斬新だ。

しかし、この文章の核心は何と言っても最終段落の、あんみつにまつわる両親のエピソードにある。母娘2代にわたって『あんみつに泣かされている』というオチは、単に面白いというだけでなく、彼女の、うっちーへの気遣い・思いやりの淵源を暗示するものになっているからだ。つまり、このエピソードは逆説的に書かれているけれど、それがかえって仲睦まじい両親の様子・円満な親子関係を読者に彷彿《ほうふつ》させる効果をもたらしている。そんな両親の下で育った彼女ゆえ、「寒天とうっちーとの板ばさみ」になってしまい、最後の最後まで自分からあんみつが嫌いなことを言い出せなかった、のである。

将来、彼女が結婚したら、可愛いしっかり者の奥さんになるに違いない。

（新聞掲載日 12・7・12 97回）

✣ 彼女へのプレゼント ✣

「脱毛マシン」

（11年大3回生A君）

去年つき合い始めた彼女の誕生日が近づいてきた。プレゼントには指輪やペンダントなどのアクセサリを贈るのが一般的だろう。あまり本人の趣味にそぐわないものだったりするとまずいので、どんな感じのものがよいか本人に尋ねてみた。

すると、アクセサリーのようなものは実用性に欠け、かえって邪魔になるのでやめてほしい、ということだった。それでは実用的なものとはどんなものかと聞いてみると、地デジに対応したテレビとか、ハンドミキサーなどと、色気のない要望ばかりが続いた。終いには、脱毛マシンが一番いいと言い出す始末である。なるほど、と僕は思った。確かにどれも女の子の生活には不可欠なものなのかも知れない。ある意味正直な返答である。

そうは言っても、恋人の誕生日プレゼントに脱毛マシンというのは、さすがに情緒に欠けすぎているというか、贈るこちらの方が物悲しい気分になる。さらに、電器屋なり百貨店なりで脱毛マシンを買う自分を想像すると、どうしようもなく切ない思いがする。「ギフトで」などと言って、ラッピングしてもらうのを待っている間、一体どんな顔をしていればいいのだろう。それとも、彼女の望むもののためにはそんなことで悩んでいてはいけないのか。プレゼントを喜ぶ彼女の顔を想像すれば、くよくよと考えている場合でもないのか。つまらない面子《めんつ》にこだわらず、彼女のために行動するべきなのかも知れない。

というわけで、京都駅前の大型電気店まで行って、脱毛マシンの並ぶコーナーの前を15分ほどうろうろしていたのだが、実際手に取る勇気は一向に芽生えず、結局逃げるようにその場を離れてしまった。まったく、男1人で脱毛マシンを買うのは、少しハードルが高すぎるように思う。今はただ、ラッピングにも対応しているネットショッピングの便利さに感謝したい。

「世間体」と「面子」に揺れ

男性から彼女への誕生日プレゼント。それも初めてだったら、女の子が喜びそうな夢のふくらむ装身具の類をあれこれ考え、それを渡した時の彼女の喜ぶ顔を想像し胸をときめかせることだろう。だが、こうした想像も昨今では徐々に崩れつつあるようだ。

A君が、誕生プレゼントに「脱毛マシン」を要求されたのもその一つの表れだ。どうやら「夢のふくらむ装身具」より「実用的な品物」を要求する女性の登場は、時代の潮流の中で考える必要がありそうだ。

1970年代のウーマンリブ運動以降、日本でも「～らしさ」の強調は男女差別になるということで、まずはユニセックス（男女の服や・髪の区別がなくなること）から始まった。その動きは、職業にも及び、今では仕事における男女差も縮まっている。それが物の見方・考え方にも及んできたというわけだ。

ところで、問題は、彼女と同じ世代のA君がなぜ彼女の要求した品物を店頭で買えなかったのか、である。結論から言えば、彼は男女共同参画の流れを理解しつつも最終段階で「～らしさ」というか、「面子」にこだわってしまったからである。一方では彼女の要求を「ある意味正直な返答」と受け入れた彼だったが、男が、脱毛マシン売り場（女性エステゾーンにある）に入るのは「変なヤツ」だ、という「世間体」に負けたのである。だが、最後にネットショッピングを利用したのは、さすが現代の若者である。

時代の流れを受け入れ現実を着実に生きる女と最後まで「世間体」という尻尾をつけながらも「少

し高いハードル」に挑戦して生きる男。これが最近の若い男女の一典型であるが、その一人である彼のような男の子は、女の子にとってかわいい存在、らしい。

（新聞掲載日 13・5・27 117回）

✣ 妊娠というリスク ✣

「妊娠？」

（03年高3年A子）

最近、友達から「生理こーへんねん。妊娠かもしれへん。どうしよう……」と電話がかかってきた。私は一瞬返す言葉がなかった。

次の日、彼女が妊娠検査薬を買いに行くのについていき、早く試すように言ってやった。／それから毎日、私はすごく緊張して過ごした。もし赤ちゃんできてたら何て言おうか。ちゃんと相談相手になれるかなぁ等と悩みながら。しかし、一週間経《た》っても友達から連絡はなかった。まだ試していないようだ。やはり彼女も不安なんや。／それから数日後、結果が出た。／妊娠はしてなかった!!

よかったぁ。二人は抱き合った。彼女は泣いていた。よかった、ほんとによかった。

けど、泣くほどならちゃんと避妊すればいいのに、と心の中で思ったりもした。

（05年大2年B子）

「初めての…」

わたしはデジタル婦人体温計で毎日記録をつけている。理由は言わずもがな。（略）

今朝、その体温計が異常を示した。

ピーピーピー

ハートマーク…妊娠の可能性…。こんなの初めて…。どうしよう…身体が震えた。たまたま、その日泊まりにきていた彼氏に言った。診療所を調べてくれ、講義を休んでずっと付き添ってくれた。

初めての産婦人科…。こんな歳《とし》でいくなんてと思いながらドアを開けた。受付をすませ、診療シートをもらい待合室のソファに腰を下ろした。

それから検査。結果を待った。わたしの前に呼ばれた妊婦さんが、子供の名前をどうしようか、と、声を弾《はず》ませている。彼女は子供を望んでいる。わたしは…。もしできていたとしたら…。「中絶・分娩《ぶんべん》」どちらを選ぶだろう。それを思うと、怖かった。

検査結果。マイナス。生理不順がハートマークの原因だった。ほっとした。ほっとして、先生の前で少し泣いてしまった。と同時に、さっきの嬉《うれ》しそうな妊婦さんの声を思い出し、また泣けてきた。

診察料を払い、今度来るときは笑って診察を受けたいなぁ、と、複雑な心境で病院を後にした。

「自由」には「責任」がある

ここ最近の統計では、親がわが子から男女交際について相談されることは少ない。母親はまだしも父親にいたっては、ほぼ絶望的だ。そんな父親には今回のカキナーレはショッキングかもしれない。恋愛は、個人差が激しいので、今回のA子さん、B子さんのカキナーレに書かれた内容は一般的とはいえないが、かといって特殊というわけでもない。戦後、女性の性意識は大きく変わった。その一番の変化は、より多くの男性と付き合って異性を見る目を肥やし、その上で相手を決める、というものだ。

A子さんの場合、同じ女子高生の女友だちから妊娠の相談をされるが、結果、妊娠でなかったことで2人は喜ぶ。がその一方、A子さんは〝泣くほどならちゃんと避妊すればいいのに〟と、鋭い突っ込みを入れる。彼女は結構冷静である。統計でも、中高生の悩み事の相談相手は、友だちが圧倒的に多い。その点、親に相談できない者にとって、A子さんのような友だちは貴重な存在といえる。

一方、B子さんの場合は、大学生で、しかも彼が最後までつきそってくれたようなので、周りがあれこれ言う必要はないが、男性の責任はもっと問われなければならない。

女性達の、こうした性意識はこれからも進んでいく一方、妊娠のリスクも高まっていくに違いない。そんな状況の下、親としてできることは何か。平凡なことだが、子どもには、自由には責任があることを語ってやることだ。その上で、どんなことがあっても子どもに寄りそってやるというメッセージをたえず送りつづけること。これしかないだろう。子どもは、親の言葉を聞いていないようでいて案外聞いているものだ。

（新聞掲載日　09・12・17　36回）

M28星から来た担任

「宇宙人になりたかった男」

（99年高3・A子）

教師なんてものは、常に何らかの圧力やらみじめさやら責任やらで苦悩しているように思える。そんな教師を私は心からアッパレと思い、あわれみも感じる。素晴らしいよ、先生。あんないっぱいの生徒を相手にしなきゃならんのだから感激だね。

ところで、人は誰でも印象に残っている先生の一人、二人はいるんじゃないかな。私にもインパクト多き教師が中学の時にいた。その教師は私の担任だった。彼は初めて私たちの中学に来た時、むさくるしい頭をかきあげちっこい体を大きく見せようなどと胸を張り、大声で言った。

「僕はM28星からきたイプシロン△□○です。私は宇宙人です。」

涙が流れたよ………。この時、私はこの教師だけには担任になってほしくない、カンベンしてくれと願ったものだが、願いとはうらはらにそのイプシロン△□○とかなんとか最後の方の名前はわすれちゃったけど、その彼が担任になってしまい、その一年は棒にふるなと思ったが……………。

彼は本物だった。いや別に本当に宇宙人だったわけじゃないが、とにかく彼は何が何でも自分は宇宙人だと言い張った。全校集会でも言い張った。校長の前でも言い張った。その奇人ぶりは紛れもなく本物だった。まあそんな奇人先生だったけど、授業はわかりやすかった。それに奇人だけあって彼の雑談はとても面白くためになった。そんなこんなで彼は、教師の間ではどうか知らんが、生徒の中では英雄だった。その頃《ころ》には、私も彼のことを先生としてとても好きになっていた。

中学を卒業して、彼にももうだいぶ会っていないが、まだその奇人ぶりは健在らしいと聞くので、うれしい限りだ。私は、本当に彼が教師という職を楽しんでいるのがステキだと思う。ガンバレ、イプシロン、まけるなイプシロン、英雄イプシロン、パチパチパチ。

アッパレ宇宙人先生

教師にとって最高の評価者は生徒である。

そんなことを教えてくれるのが、A子さんのカキナーレだ。ほぼ生活の大半を学校で過ごす生徒にとって、教師間の派閥とか教師同士の好き嫌いなどの情報を察知するのは容易なこと。冒頭の「教師なんてものは…」以下の教師観はその表れだが、A子さんは、そんな教師達を「アッパレ」とも「あわれ」とも感じつつ、最終的には「素晴らしい」「感激だね」と評価するのである。

それに続けて、彼女は今も心に残る一人の教師・中学校時代の担任を紹介する。自称イプシロン△□○と称するその教師は、赴任早々、風采の上がらぬちっこい体で「私はM28からきた…宇宙人です。」とのたまわる。それに対し、彼女が「涙が流れたよ。」といい、その人物が担任と知った時などは「その一年は棒にふるなと思った。」と、諦観《ていかん》の言葉を発しているのが可笑しい。だが、その後、イプシロンが本物の宇宙人、つまり己の理想・信念を貫く人、本気で生徒を思う教師であることがわかり好きになっていくのである。そして、そんなイプシロンは、生徒の間では英雄だったという一方、「教師の間ではどうか知らんが」と、さりげなく周囲の教師達とのあつれきを暗示している所など、彼女の人間観察眼は鋭い。さらに、中学卒業後、彼女は、イプシロンの理想や信念の源が「教師という職を楽しんでいる」ところにあることに気づき、それを「ステキ」だと評価している。その洞察力なかなかのものである。

生徒は怖い。でもそれ以上にいとおしい。

（新聞掲載日　10・7・8　49回）

✣ 忘れられない先生 ✣

（97年高3年A子）

「カバのこと」

「先生」という言葉を聞いて、真っ先に思い出すのは小学校の時のカバだ。カバというのはもちろんあだ名である。（略）そんなカバもバク転ができたりギターが弾けたりとなかなか多才であった。しかし、私が一番忘れられないのは、その鼻の穴の大きさでもギターでもなく、カバの歌う「グリーングリーン」である。カバは歌がとてつもなく下手くそだった。なにしろ、音程が合ったためしがない。後にも先にもあんなにひどい音痴な先生は、カバ一人である。しかし、音楽の時間はイヤでもカバをお手本に歌わなければいけなかった。

その日、習う歌は初めての曲「グリーングリーン」だった。カバはいつものように張り切ってギターをかき鳴らした。実は私達はすでに覚えていた歌だったので、ああ、早く歌いたい、とワクワクしていた。しかし、最初の一回は、カバがお手本を見せるのがお約束であった。爽快なギターの音がだんだん大きくなってきて、カバが大きな鼻の穴から息を吸い込んだ。さあいよいよと言うとき、「♪♪ある日〜」と叫んだカバの声が情けなくうらがえった。いつものことと言えばそうなんだが、あまりにも情けない声だったので、クラス中がひっくり返った。カバも少し気に入らなかったのか、また前奏に戻り、気を取り直してギターをかきならした。しかし、それ以後、カバの声はうらがえったまま戻らなくなり、その時間は「ある日」という短い部分を何百回と聞かされて終わった。結局、私のクラスは「ある日」から先の歌詞は知らないまま次の歌へ進んだのである。

そんなカバが卒業式の後、私たちに歌をプレゼントしてくれた。それは涙まじりの「なごり雪」と、たった三文字の「グリーングリーン」だった。いつもより下手くそだったその日のカバの歌を私は一生忘れないだろう。

温かな人柄に今も賛辞

教育の仕事は数値化も、また結果も出しにくいと言われるが、今回のA子さんの担任カバ先生等は、その典型だ。

小学6年生だったA子さんの担任、カバ先生はバク転ができたりギターが弾けたりとなかなか多才だった。が、何故かひどい音痴だった。初めて「グリーングリーン」の曲を習った時なんか、出だしの「ある日~」の三文字だけで終わってしまうという程だった。そのカバ先生、卒業式後にまた「グリーングリーン」の曲、それも冒頭の三文字だけを再び歌ってくれたのである。そのことを高3の彼女は、次のように回想する。「いつもより下手くそだったその日のカバの歌を私は一生忘れないだろう」と。

彼女は高校3年の今も、先生の温かな人間性溢れた人柄に最大の賛辞を送っている。

だが、カバ先生のような教師は、最近いなくなっているのではないか、と危惧している。その怖れは、

06年に、教育の憲法と言われた「教育基本法」が改正された時点で、既に抱いていたからだ。その1つが教育への政治介入、2つ目が学校への市場原理の導入である。予想通り、競争原理の導入は、学校選別制、教師評価制度等、急速に進んだ。そして、その危惧が一挙に高まったのが、先日大阪府議会に地域政党が提出した教育条例案だ。中でも、教職員を5段階で評価し、評価が2年連続で最低だった場合は処分の対象とする。また、知事が教育委員会に教育目標を提示することができる、という条項には驚いた。

一体、この人達は、教育に政治介入してどんな学校や教師をつくろうとしているのだろうか。教師は脅しや処罰では決して成長しないし、教師の教育力は、教師同士の協力、生徒と教師の信頼があって初めて高められるのである。カバ先生のように。

（新聞掲載日　11・10・20　80回）

尽くし続けた3週間

（2作品とも大学4年A子）

「教育実習」

想像以上に楽しかった。別に子供好きなわけではなかったはずなのに、意外にも可愛くなってしまい生徒に尽くし続けた3週間。

最後に生徒全員に対して手紙を書いた。その行動に誰よりも自分がびっくり。知識不足を実感しまくった3週間。でも、好きな教科について調べているから教材研究は楽しくてしかたがなかった。研究授業では、見に来てくれた先生方からいい授業だったと言ってもらった。生徒からも、おもしろかったと言ってもらえた。最初の授業で半分もの生徒を寝かしつけてしまった過去がなつかしい。

やっぱり自分には教師しかないなーと思い、再び教壇に立つ日を願いながら終えた3週間。いい経験をさせてもらえた。

「教師になる」

生徒全員が夢中になって聞いてくれるような授業をして、生徒の視野を広げたい。最近決めた私の目標。就職活動を通して気づいた私の夢。最初は楽でお給料のいい仕事がしたいと思って、そのような企業にばかりにエントリーしていた。今でも、楽でお給料の良いということは、大切だと思っているし、心の片隅では、楽な人生を送りたいと考える自分もいる。もし内定をもらえていたら、そのような企業に就職することを決めたと思う。

しかし、楽そうだと感じた企業は全《すべ》て落ちた。落ちて初めて、楽ではなくても、本気で自分のやりたいことについて考えた。そうしたら、自分には先生しかないのだということに気がついた。唯一、自分が目標をもって取り組める仕事。教師は激務。モンスターペアレント多発。学級崩壊だってある。自分に勤まるのか不安。先生は狭き門。

でも、やると決めた。先生になることが目標じゃない。生徒にとって最高の授業をすることが私の目標。この目標の実現のためなら何だってやる。この考えにまで至ることができたのは、就職活動のおかげ。今、自信をもって言える。私を落としてくれてありがとう。企業さんたち。

生徒を育て 育てられる教師

大学で教職科目を教えるようになって8年。毎年7月下旬から教員採用試験が始まる。今年も数人の学生から「1次試験合格しました」という連絡をもらった。つづけて「〇〇日、2次試験で模擬授業があるんです。一度見てもらえませんか?」という懇願。教職の授業を担当している身にとって一人でも多く教員になってもらうことが一番の喜び。だから喜んでオーケーする。だが、こんな学生でも最初から教員だけを志望していたかというと必ずしもそうではない。

今回紹介したA子さんのように、教職と一般企業を併行して就活に取り組む学生も多い。そんな学生達が真剣に教員を目指すようになるきっかけの一つが教育実習だ。たった3週間にもかかわらず学生へのインパクトは強烈だ。A子さんのように特に子ども好きではないと思っていたのに、終わってみたら子どもたち全員に手紙を書く自分に驚くというのは、その典型である。こうした話を聞くと、

教師というのは、生徒を育てると共に生徒に育てられるものであることがわかる。

それにもう一つ、教職が己の天職だと気づかせてくれたのが、一般企業への就活だった。始めは楽でお給料のよい会社への就職を希望していた彼女だったが、すべて不採用だったことで、初めて本気で自身に向き合わざるを得なくなった。結果、彼女は、〝生徒にとって最高の授業をする〟という教師としての究極の目標を見出したのである。企業への就活が反面教師となったのである。

幸いA子さんは地元の高校の先生として採用された。子供の才能を引き出す素晴らしい先生になってくれるに違いない。

（新聞掲載日　10・9・9　53回）

✣ 忘れられない言葉 ✣

「私の師匠」

（06年大2年A子）

これは高校時代の古典の先生のことである。私を古典好きに仕立て上げた立役者だ。初めての古典の授業のとき。先生はこう言った。

「いつかタイムスリップして平安時代に行ったとき、古典は使えるからな。」

私はこの言葉が忘れられない。アホみたいな言葉だが、この言葉で私は古典に興味を持った。ある時、クラスの誰かが先生に尋ねた。

「なんで古典好きなん？」

「めっちゃ楽しいやん。」と先生。いつもの仏頂面じゃなくてすっごく楽しそうな笑顔だった。

忘れもしない高3の2月16日。

私は大学合格の報告をするために先生に会いに学校へ行った。私はあの時の先生が忘れられない。私を迎えてくれたあの神妙な面持ちの先生。私が結果を言おうとすると「ちょっと待って」と言って動揺したようにガサガサしながら、落ち着こうとガムを取り出す先生。合格したと聞いてホッとしたような、笑っているような、堪えているような表情の先生。そしてボソリと「よかった。」こんな風だったけれど、他の人に言われたどんなおめでとうの言葉よりも、私は先生のこの一言が最高に嬉《うれ》しかった。

卒業の日。私は先生に手紙を書いた。渡すのはすっごく恥ずかしかったけれど、勇気を出して渡した。その手紙に「先生は私の師匠です。」と。それから先生は私の大切な師匠になった。

この人と出会わなければ、私は国文科を目指さなかっただろう。そして受験の結果報告に行ったときの先生のあの言動に出会わなければ、私は教師になろうなんて考えもしなかっただろう。私の中で一番大きな存在。古典のことも、その生き様も、私は師匠を尊敬している。この何十億も人間のいる世界で、たった一人の師匠に出会えた私の運命に感謝。

先生は人生の立役者

ほんの数年前になるが、「指導力不足の教師」のニュースが、大々的に報道されたことがある。今回のカキナーレは、丁度そんな時期に書かれたものだ。筆者のA子さんは教職希望、いたたまれない思いだったに違いない。

教師の言葉は生徒の生涯を決定することがある。A子さんが国語教師の道を歩むきっかけとなったのは、「いつかタイムスリップして平安時代に行ったとき、古典は使えるからな。」だった。それも、いつもの仏頂面じゃなくてすっごく楽しそうな笑顔でいう古典の先生の一言だった。そしてその究極が、大学合格を報告に行った時の「よかった。」の一言。喜びでオロオロしながらのその言葉は、その後の彼女の進路を決定した。

「先生は私の師匠です。」と。

将来教師になろうとしていたA子さんにとって、この時「師匠」といえる先生をもったことの意味は大きい。と言うのも、「学びの場というのは本質的に三項関係なのです。師と、弟子と、そして、その場にいない師の師。この三者がいないと学びは成立しません。」（「街角の教育論」）という内田樹氏の説に依拠しているのだが、と同時に僕自身の体験に根ざしている。つまり、教師というのは、生涯「学ぶ」という姿勢を持ち続けなければならない。もしその時に自身が真に師と仰ぐ人がいれば、その師をモデルに絶えず精進していくことができるからである。

幸い僕も2人の師を生涯仰いできた。一人は在職の40年間皆勤を続けられたY先生。もう一人は国語教育のエキスパートのO先生である。きっと彼女も今頃は、古典の先生を「師匠」として生徒達と厳しくも楽しい「学び」をしているに違いない。

（新聞掲載日　10・10・14　55回）

✣お人よしセンセの逆襲✣

「あなかま」

（08年大学2年・A子）

高一の現代文の授業のこと。担当のK先生は、単純な話を難しい言葉を使ってややこしい話に変えてしまうのが得意な男だったが、大変お人よしでたいていのことでは怒らず、ニコニコしているオッチャンだった。

その日の授業は論説文だった。自然を守るとかそういう内容だった。あまりにも退屈だったため、私は隣の席のマリちゃんと筆談でしりとりをして遊んでいた。それがエスカレートして筆談で恋バナをするに至り、思わず「くすっ」と声を出して笑ってしまった。笑ってごまかそうとしたら、Kがこちらをぎらっと睨んだ。（今日は怒られる…）と思って覚悟していたら、Kはいきなり黒板に向き直って、どでかい字で「あなかま！」と書いた。何のことだかわからなかった私

たちは、

「え？　穴？　釜？　何のこと？」

「先生ついに、おかしなったんかなあ？」

「それってうちらのせい？」

と一瞬思ったが、Ｋは落ち着き払って授業を続行した。意味を聞いても、首を横に振るだけで何も教えてくれなかった。勉強しない特進クラスで有名だった私たちには誰もその意味を知る者はいなかった。

それから、一年後。古典の時間に再び「あなかま」に出会うことになったのである。

「『いづくより来つる猫ぞ』と見るに、姉なる人、『あなかま、人に聞かすな。いとをかしげなる猫なり。飼はむ』」

「ええ！更科日記ぃ???」

「先生、うちらが勉強せえへんからって、そんな……」

あの時、Ｋは勉強しない特進クラスに逆襲したのである。その意味を知った時は、どんな「勉強しろ！」の言葉よりも身に応えた。センセ、Ｄ大に受かったのは、アナタのおかげだよ。

黒板に怒りの古語

このカキナーレのキーワードは、表題の「あなかま」という古語である。

A子さんが高一の時の国語担当のD先生は、非常にきまじめだが、その反面お人好しで茶目っ気のある方のようだ。だが、あまり勉強をしない特進クラスの生徒達の私語には悩まされていた。その怒りが爆発したのは、A子さんとマリちゃんの、筆談からエスカレートした笑いだった。（今日は怒られる…）と覚悟していたA子さん。しかし現実は全く予想外の展開だった。先生は黒板に「あなかま」と書いたきり、また何事もなかったかのように授業を続けたのである。もし、このクラスに「あなかま」の意味を知っている生徒がいたら、全く別の展開になっていただろう。

そして1年後、古典の授業で、彼女はその意味を知る。教材は更級日記だった。作者の住まいに猫が迷い込んでくる。それを「どなたのもとからかしら」と見ていると傍にいた姉が、「しっ、静かに。人に聞かせてはいけません。たいそうかわいい猫ね。飼いましょう。」という場面だった。「あなかま」が、感動詞の「あな」と形容詞の「かまし」が結びついた単語で、「うるさい。」の意であることを知った時の彼女の驚き。国文科志望の彼女のプライドがどれほど傷つけられたことだろう。だが、彼女のすごさは、それをきっかけに猛勉強に励み見事D大に合格してしまうところだ。それを「センセ、アナタのおかげだよ」とカラッと言っているのが爽やかで気持ちよい。

古語でもって注意をしたD先生、その意味を1年後に知って己の学習のいいかげんさに気づき猛勉強をした彼女。何とも羨ましい師弟関係だ。彼女もいよいよ今年の春から中学校の教壇に立つ。良い先生になるに違いない。

（新聞掲載日　11・4・14　67回）

✣ 先生 ✣

「紙ヒコーキに夢のせて」

（09年大学1年A君）

小学生の頃、道徳の時間に将来の夢について考えたことがある。先生が授業中に、「将来の夢を紙に書いて、それを紙ヒコーキにして飛ばそう。」と言ったからである。

私たちは、考えて考えて、それぞれ書いた。私はコックさんと書いた。それを校舎の屋上から、みんながいっせいに飛ばした。先生に教えてもらった折り方のおかげか、みんなの紙ヒコーキはまっすぐ飛んだ。が、1つだけ、本当に1つだけ、みんなより明らかに飛ばなかったのがあった。

それを飛ばした子は泣いた。先生は優しく聞いた。

「また、折ればいいのよ。将来の夢、なんて書いたの？」

「…んとね、大統領。」

次の音楽の時間、音楽室から見える紙ヒコーキたちの着陸地点で先生が一つ一つ大切に拾っている姿を見た。

そんな私も、もう大学生。

将来の夢は学校の先生だ。

「先生」

先生ってすごい。
学問も常識も教えてくれて
そのうえ自分の人生まで
考えさせてくれる
私が高校生になったばかりのとき
学校サボりがちだったのを
学校好きにさせてくれた先生
国語が大嫌いだったわたしを
国語好きにさせてくれた先生
学校やめなきゃいけないかもってときに
わたしの親を必死に説得してくれ
わたしを救ってくれた先生
そんな仕事ができる職業ってほかにない
わたしは今先生を目指している

（10年大学1年B子）

人生に影響与えた存在

4月。新入生を迎える学校は、一年中で最も活気を呈する。新しい世界に希望と不安をもってやってくる新入生。そんな新入生を期待と責任で待ちうける教師達。本来、学校というのは、こうした子供と教師とのつながりの中でこそ機能するものだ。それゆえに、教師の言動は、良くも悪くも子供達の生き方に影響を及ぼすのである。

今回の2つのカキナーレは、そんな教師と子供の、好ましき関係を描いたものである。A君は、小学生の時、紙ヒコーキ作りを指導してくれた先生の言動によって、大学生の今、教師になることを決意した、という。その言葉とは、クラスでただ一人ヒコーキが飛ばなかった子供に対して言った「また、折ればいいのよ。（略）」であり、その行動とは、紙ヒコーキの着陸地点で、一人一人のヒコーキを拾っている先生の姿であった。子供の失敗を丸ごと受け入れつつ最後まで子供の夢を大切にするこの先生の言動は、珠玉のような輝きを放っている。

そして、B子さんもまた、高校生時の先生を通して、教師の仕事の尊さに気づき、教師を目指すようになった、という。とりわけ、「自分の人生まで考えさせてくれた」教師の仕事が他に比類ないものであることに気づいているところが素晴らしい。

しかしながら、最近の、教師への世間の風潮は、残念ながらこうした師弟関係を疎外するような空気で充満している。その傾向は07年の教育基本法改正後、目立ってきているが、昨今では監視・評価・処罰するような法律で、教師を管理し、競争させる自治体まで出てきている。これは、子供と教師の関係を構築する上では絶望的だ。

それにしても、今回の筆者達がゆとり教育の世代であることは示唆的だ。一人一人の個性を大切に教育することを目指したゆとり教育。これは、3・11以後の日本人にとって、もう一度真剣に考える必要があるようだ。

A君やB子さんが、教壇に立つ日が待ち遠しい。


（新聞掲載日　12・4・5　90回）

✣ 生徒たちは見ている ✣

「先生　Fight！」

（99年高3年A子）


私は見た。先生が教室を出る時、いつもタメ息を一つするところを。

「先生　Fight!!」私は心の中で応援する。

「おもしろくなかった～？」先生はいつもこう言う。

シーン……静まり返る教室。一人汗をかいてHighテンションな先生。

「おもしろかったよ!!」心の中でくり返す台詞《せりふ》。先生いつか声を大にして答えるから。それまで……「先生Ｆｉｇｈｔ！」

立ち去る貴方の背中がすごく淋しそうで……。そう声をかけずにはいられない。

「先生Ｆｉｇｈｔ！」


（04年高３年Ｂ子）

「今日の彼」

今日の彼は何か暑そう。そして、今日も相変わらず手にぎっしりとチョークの跡。何であんなにチョークがつくの？

そして、今日も相変わらずシャツをズボンの中にピタッと入れている。男子生徒の良きお手本だ。

これぞ日本男児……Ｆ先生。


（04年高３年Ｃ子）

「花とＦ先生」

ずーっと前の朝、Ｆ先生が出町の商店街で花を買ってた。一瞬〝えっ!!〟と思った。花なんて興味なさそうな先生やのに、朝から花買ってるよぉーとか思いながら歩いた。

あの花は教室に飾られるのかなー。マジでビックリした朝の出来事。いまも頭の中に残っている。

先生、花好きなんスか？

「先生、花好きなんスか？」

教師にとって授業こそ最高の「現場」である。その成功の有無は、生徒との意思疎通の如何《いかん》によって決まるといってよい。その関係が密であればあるほど教育効果は上がることは言うまでもない。と言っても、生徒にこびるのではない。

僕も39年間、高校教師してきたが、自分の信念を出し過ぎてずいぶん苦労した。だが、今にして思えば、勤務校の女生徒たちは、そんな僕にとても気を使ってくれたのである。

最初の「先生　Ｆｉｇｈｔ！」の作者Ａ子さんもその一人だった。カキナーレの熱心な書き手だった彼女は、イコール僕の応援団でもあった。だが、彼女は教室の中ではそうした態度は一切見せなかった。あえて客観的な目で僕を細かく観察し文章にして励ましてくれた。

「いつも夕メ息を一つする」とか「立ち去る貴方の背中がすごく淋しそう」の文章を読んだ時には、彼女の愛情とともに一本取られたという思いがしたものだ。

2番目のＢ子さん、3番目のＣ子さんのカキナーレにも僕の言動の特徴が活写されている。特にＣ子さんのカキナーレでは、商店街で花を買い求める僕の姿が出てくるが、これには参った。だが悪い気はしなかった。これも僕に対する生徒の関心（好意？）の表れのように思えたからだ。

授業での僕はいつもいつも全力投球する。だから生徒たちも本音でぶつかってきてくれるのだろう。自分をすっぽんぽんにして書いてくれたカキナーレ。それが教師としての僕には最大の喜びだった。それにしても生徒は実によく教師を見ているものだ。

(新聞掲載日 10・8・12 50回)

✣ コンビニでのバイト ✣

(10年大2回A子)

「コンビニエンス」

いらっしゃいませーこんにちわー。
/いらっしゃいませー。
/らっしゃいあせー。
/らっしゃーせぇー。
/しゃーせー。

どんどん簡略化されてく私のあいさつ。

コンビニで働き始めてもう半年以上が経過している。大学に入って、遊びほうけて、お金に困って、バイト受けて、落ちて、受けまくって、落ちまくった末にようやく手に入れた「職場」がコンビニ。

最初は右も左もわからなかった私だけど、コンビニのくせに何かと厳しい規則と、1日13時間、週6日はたらいている変人フリーター先輩のおかげでかなりたくましくなった。オーナーもやさしいし、時給はくそ安いけどやりがいあるし、常連さんのタバコ覚えたりすんのも面白いからまぁ楽しんでやってたんだけど、最近面倒な業務が増えた。

その業務っていうのが、立ち読み禁止のために本をビニール紐でくくる作業。うちのコンビニは2人体制で勤務してて、本も2人で半分ずつやってるんだけどさ。なぜかいつもエロ本をくくる作業あたしなんだよね！

一緒に勤務してるのは男の子なんだけど、恥ずかしいのかなんなのか、なぜかその手の本を全て私に任せてくる！　なぜあたしが朝からこんなもんに対峙しなきゃなんねーの、お前やれよ、朝から気分がよろしくなーい。ていうかなんか虚《むな》しい。

しかももっと虚しいのが、朝にくくったはずのそのひもが、たいてい一冊くらいは夕方になると何者かによって解かれているということ。しかもその犯人が大概あたしと同じ大学生だということ。ため息。そしていらいら。で、そういうのの注意とかをやらされるのはあたしなわけ。なんなんだ、これ。

…あー、なるほど。このコンビニエンスストアにとってのコンビニエンスな雑用係はあたしってわけか。

不当な現実　吹き飛ばせ

コンビニエンス・ストア。略してコンビニ。日本語では「便利なお店」という意味だ。

今回のカキナーレには、そんなコンビニでバイトをするA子さんにとっての面倒な業務体験がつづられている。

その面倒な業務とは次のようなものだ。

①立ち読み禁止のためにエロ本をビニールひもでくくる作業（朝）↓②自身と同じ大学生によってひもが解かれているエロ本を再度くくり直す作業（夕方）↓③最後はそういう行為をするお客に注意を促す仕事、という一連の業務だ。これはある意味セクハラに当たると思うのだが、それから逃げてしまった男子バイト生の分まで、すべて女性のA子さんが、やっている。だが、彼女は、そんな自分をあえて「コンビニエンスな雑用係はあたしってわけか。」と捉える。その目は冷静で鋭い。つまり、〝便利な〟という「コンビニエンス」の意味を逆手にとって、女に与えられた不当な役割を皮肉っているのである。そう思って題名の「コンビニエンス」を見ると、彼女自身を意味していることがわかって、面白い。

最近の女子は男子に比べ、積極的で機転も利く。だが、そんな女子を便利屋・雑用係のように使う職場はまだまだ多い。しかし、どんな事態にあっても、彼女は決してめげることはないだろう。特に、業務内容を説明した後半部を読むとそんな思いを強くする。

「〜やってるんだけどさ」「〜あたしなんだよね！」「対峙しなきゃなんねーの〜朝から気分がよろしくなーい」等々。

自身の感情をポンポンと投げ出したようなくだけた口調や文末表現には、そんな屈辱的現実を吹き飛ばすようなたくましさがある。

それにしても相方の男子、一体どう思っているんだろうか？

（新聞掲載日　09・9・3　29回）

通過儀礼

「営業スマイル」

（08年大2年A子）

今の居酒屋でバイトをもう1年続けている。普段私は愛想の無い顔をしているのだが、接客なのでとりあえずめちゃめちゃつくり笑顔で仕事をする。

「○○ちゃんかわいいね！」

「君のお勧めのお酒持ってきてよ」

「もう君に任せるよ！」

こんな事ばっかり言ってくるおじさんというものはちょろいもんだなあと思う。ちょっと失敗してもオーバーアクションで「すいません！！」って言えば許してもらえるしね。もちろん嫌なことだってある。酔っ払いのおじさんは下ネタばっかり振ってくるし、セクハラまがいな事もしてくる。それも笑顔でかわしていかなきゃいけない。無理な注文も「確認して参ります！（はぁと）」と笑顔で答えなきゃいけない。

そんな感じでかなりお店に貢献しているのに時給八百円なんだもんなあ!!

もっと時給あげてよ社長！

（08年大2年B子）

「社会情勢の影響」

私はパン屋でアルバイトをしている。

これは最近最高にムカついたことだ。

うちの店ではよく新商品の味の紹介として試食品が置かれる。この日は熊本晩柑《かん》ドーナツが置かれていた。そこへ中学生くらいの女の子と小5くらいの男の子を連れた母親がやってきた。結構長い間、パンの品定めをしていたが、最終的にレジに持ってきたものは、その試食品だった。トレーに試食として小さく切られた、比較的大きそうなものがけっこうな量載せられていた。そして私に

「これ、袋に入れてくれへん？」と言ったのだ。

「はぁ？　これ持って帰らはるんですか？」

「何？　あかんの？」

（ふつうあかんに決まってるやろ。）

きちんとお断りさせていただきました。めっちゃイラッとして帰らはったけどこっちの方がイラッとやし！

おっきな子ども二人も連れて、ようそんなことできるわ！　みっともないとか思わんのかな。

これも物の値段が上ってゆく社会情勢の影響なのだろうか。


バイトは大人への道／嫌なことも笑顔でかわし

アルバイト。かつては苦学生の象徴と思われていたものだが、今では、学生にとって避けては通れぬ関門のように見える。旅行費・デート費はもちろん、学費を稼ぐためのバイトも多い。こうしたバイトの一般化は、その意味をも変えて来たようだ。

そんな思いで今回のカキナーレを読んでいたら、こんなことがひらめいた。それは、現代の学生にとってバイトは子どもから大人への通過儀礼の役割を果たしているのではないか、と。

とりわけ、接客という仕事は人と人のかかわりという点でもっとも神経を使わなければならない。相手の心理やその場の空気を読んで瞬時に次の対応を考える、これが接客・対人関係の基本だ。

最近の若者はコミュニケーション能力に欠けるというが、そんな若者は、ゲーム漬け、パソコン漬け、パソコンオタクであることが多い。そんな現実を聞くにつけ、大人への通過儀礼としてのバイトの役割はますます増していることを痛感する。「笑い」の営業効果に気づくA子さん。試供品のパンをレジに持ってくる母親の背後に苦しい家計を読み取るB子さん。どちらもしたたかな生活者の目を身につけているではないか。もう立派な大人だ。

（新聞掲載日　09・9・17　30回）

✣ 未来の教師　塾で奮闘 ✣

「まず、すべきコト」

（08年大2年A子）

私は、塾でアルバイトをしている。

小学生の生徒のうちで、もう既に英語の文法を学んでいる子もおり、早いうちからの英語教育に少し複雑な気持ちを抱きつつも、感心していた。

しかしこの間、ある生徒の英語の宿題を採点していたら、その生徒から、国語の宿題もやってきたので採点してほしいと言われた。空欄の中に助詞を入れて文章を完成させるという問題だったのだが、のっけから、「少年 を 竹やぶ が 走っていきました」……少年を竹やぶが走る……竹やぶが少年を走る……どんなだよ!!!わけの分からない文章だけど、なんかものすごく怖い。

その後も何度か続く彼の珍解答を目の当たりにしながら、強く思った。

アンタ……まず日本語を勉強しなさい！

「珍解答集　英語編」

（08年大2年男子B君）


塾の講師をしていると、なかなかユニークな解答をしてくれる生徒がいる。

問“I am smoking.”を訳しなさい。

答「私は横綱です」

　思わず考えさせられます。あ、Smo（Sumo）＋kingなのね、うんうん。よく出来ました。

　二重丸。

問　beginを活用させなさい
答　begin　bagin　begon
スペルだけ見てると気づきませんが、読んでみるとビギン！　バギン!!　ベゴン!!!。なんか三段階の効果音がかわいい。よって三重丸！　などなど。

　こういった解答も、結局は教えていく立場である自分達の使い方次第。こんな解答があるんだ、と笑っているだけでは無意味で、そこからどう発展させていくかが教師としての力量が問われます。生かすも殺すも教師次第！

「私は相撲キングです」!?／どうしてくれようこの珍解答

昔から家庭教師は大学生のアルバイトの定番だ。が、今は学習塾で教えるのが一般的のようである。今回のカキナーレには、彼らがそこで直面した日本の英語教育の課題が取りあげられている。ご存じのように08年より小学校に導入された英語だが、11年からは必修となる。こうした流れに違和感を感じるA子さんも既に英語文法まで学習している生徒を前にして思わず感心してしまう。が、その後の国語学習の基本ともいえる助詞に関する問題の解答にギョッとする。果たして日本語の習得も出来ていない子どもが英語文法を理解出来ているのか。

実は、小学校低学年からの英語導入に反対する教育者・学者達の心配もこの一点にあると言ってよい。確かに語学は少しでも早くから教える方が上達にはよいに決まっている。だが、その前提には、母語の日本語の基本をマスター出来ていることが必要だ。もちろん、国際理解の上からも英語の必要性は否定しないが、自国の歴史風土、文化に裏打ちされた母語をおろそかにした上での英語教育は、無国籍人を生み出す危険がある。将来国語教師を目指している彼女の怖れや怒りはそこにある。

英語の珍答でも、中学生らしきB君のそれは、ユーモアあふれたものだ。こうした珍答を上手にすくい上げながら本筋の学習とつなげていく教師なら、きっと生徒たちの英語力をアップさせられるに違いない。B君は今、英語教師を目指して頑張っている。

（新聞掲載日　09・10・8　31回）

✣ これぞ、友達力 ✣

（02年高3A子）

「人生いろいろ」

こないだ、仲良し4人組で集まった。4人とも学校ばらばらやけど、みんなめっちゃ仲いーねん!!。今回はお泊まりOKやって、初の4人でお泊まり会。こんなめずらしーことないってことで、みんなで「おなべパーティー」した。一人なべの達人がいて、その子が作ってくれてめっちゃおいしかった。

食べた後はこたつに入ってみんなでしゃべった。みんなそれぞれ悩みがあったみたい。「なべの達人」はこの1年ぐらい男不作でずーっと悩んでる。「家の主」は男にひどいフラれ方をして大泣きしてる。「うぬぼれや」はちゃんとした彼氏ができひん、って悩んでる。私は人生に悩んでる。4人が4人、みんな語った。お互いにキツイこといったりしてたけど、やっぱりみんな友達やしはっきり言えた……。みんなにしゃべって気持ちがすっきりしたんは、ほんまっ!! やっぱ自分一人で考えるより誰かにしゃべったほーがいーしっ!! こーゆー友達って一生大切にしていきたいーっ!!

「10人のおきて」

（02年高1B子）

あたしら地元10人はむちゃ仲良し。あたしらには「10人のおきて」がある。

それは、①そうだん事はしよう　②うそはつくな　③悪口を言うな　④悪い事はするな　⑤信じあえ　⑥月一であつまろう　⑦かくしごとはするな、というものだ。

ある日、そのうちの一人がおきてを破った。「悪口」を言ったのだ。3日もしないうちに他のみんなの耳に入った。その子は自分で自分をせめて、仲間から離れていった。それでも、9人は許せなくてその子を責めまくった。だが、そのうち1人を9人で責めるのはしのびなくて……9人みんなその子にあやまった。それから、その子はみんなにあやまりに歩いた。10人みんな泣いた。それでやっぱり元の10人になった。

その子ってあたしのこと。みんなゴメンなさい。

糾弾し反省し和解する

新年も明け、登校する子どもたちの姿を見かけるようになった。そんな子供達に、学校に行く一番の楽しみは、と問うと「友だちに会えるから」というのが最も多い。確かに、1日のうちの3分の1を過ごす学校は子どもにとって「人生」そのものだ。だが、最近の子どもたちの友人関係というと、互いの内面生活には踏み込まないというルールがあって、さらっとした関係が多い。これは相手との摩擦を避けるための知恵だが、これでは、どこまでいっても生涯の友人は作れないし、逆にいったんこじれるといじめにエスカレートしたりする。まして進学競争が激しい学校では、周囲の人間全部が敵となるため真の友人を見つけることはますます困難になる。

そんな状況の中、友達と本音をさらけ出したり真剣にぶつかり合って信頼関係を作り出している集団がいる。それが、今回のA子やB子達である。どちらかというと、2人ともヤンキーっぽい女子高生で、学校では「問題児」として扱われる生徒たちだ。だが、彼女達の結束は堅く人間としての生きる力を持っている。B子のグループ等、仲間同士の「おきて」まで作り、その上で本音を出し合い、非があれば真剣に糾弾する。行きすぎたら反省し和解する。人間関係を持続していくための知恵まで身につけている。これぞ、本物の友達力といっていい。

彼女らは外見とは違い、電車内でお年寄りに席を譲ったり、身障者にやさしく接したりしているのだが、異質や異端を排除する閉鎖的な学校では、彼女達の居場所は少ない。

だが……、ある意味、彼女達の存在はそんな学校内の空気を活性化させる起爆剤となるのではないか、などと思っている。

（新聞掲載日　10・1・14　37回）

✣ 親友と呼べる人 ✣

（09年大2年A君）

「友達の存在」

とある片田舎から文字通り〝上京〟してきて早一年以上が経過した。最初の頃はそこまでおもしろいとも思えなかった大学生活も、ようやくおもしろいと思えるようになってきた今日この頃である。

その要因は何なのであろうかとふと考えたとき、真っ先に思い浮かんだのが〝友達〟の存在であった。去年の今頃と今年の今頃とを比較すると、話せるようになった友達の人数が全く違う。かなり多くなっているのである。あまり社交的でなく、根暗で友達作りのへたくそだった私は去年はごく少数で特定の友達としか話せていなかった。しかし、少し自分を変えてみる努力をした結果、少しずつではあるが友達と呼べる人が増えてきて、今では授業中も時々ではあるが話す始末である。

私は自分の性格やいろいろな事情が起因して、小中高と親友と呼べる人が一人もいなかった。が、大学に入学して初めて親友と呼べる人ができた。その人にだけはどんな話もでき、誰といるよりも楽なのである。絶対的な信頼もしている。およそ20年間生きてきて、これが親友なんやなぁ…と初めて感じることができた。悲しい人生である。けれども、その人とは大学を卒業してからももちろん、年老いて腰が曲がっても、バカな話で笑い飛ばし、時には真剣な話もし、時にはお互い助け合えるような、そんな関係でありたいと願っている。

これを書いているときに、私が友達だと思っている人が実は私のことを友達だと認めていなかったり、親友だと思っている人がただのよく話す知り合い程度にしか私を認めていなかったら…と被害妄想し、言いようのない不安に襲われ、激しい自己嫌悪に陥ってしまったのはまた別のお話。

衝突・葛藤乗り越えてこそ

4月の始め、大学2回生の授業に行くと、教室一杯、話し声で充満している。そんな和気あいあいとした教室風景は楽しい。もう全員が大学にとけ込んでいるようだ。そんな教室の空気を反映したようなカキナーレがA君から提出された。だが、その後半部分を読んで驚いた。

「小・中・高と親友と呼べる人が一人もいなかった／大学に入学して初めて親友と呼べる人ができた。／およそ20年間生きてきて、これが親友なんやなぁ…と初めて感じることができた。悲しい人生である」

何とも率直なもの言いである。最初は、実直で優等生のA君にこんな精神史があったのかという驚きだったが、その後、彼が特別な存在でないことを知った時にはぞっとした。

一般に、自己中心的なこどもが他者の存在を意識し、その関係に悩み・衝突、そして共感という体験を味わうのは中高生の頃。そうした葛藤《かっとう》の末、生涯の友達ができるのだ、と思っていた僕には、この事実は衝撃だった。

　こうした学生に共通しているのは、偏差値の高い学校で過ごしてきたということだ。要するに、そんな彼らにとって、同じ学校・教室の友人であっても、否、だからこそみながライバルなのだ。それゆえ、目的を達成するまでは、自身の本音は封印しながら友人関係を続けるのである。そして今、念願の大学に入学し、やっと本音で語れる仲間ができた、その解放感と喜び。だが、同時に、そのことによって友達との心の葛藤（被害妄想・不安・自己嫌悪）も生じるのだ。それを彼は「これはまた別の話」とさりげなく言っているが、果たしてその葛藤に耐えて真の親友に出会えるか。遅まきに始まった彼の青春。心から応援したい。

　それにしても、こういう若者を生み出している社会とは…。どう見ても健全とは思えない。

（新聞掲載日　10・1・29　38回）

Ⅳ

日常編

✣ 敏感な心で戦うコギャル ✣

（02年・高1女・A子）

「ピリピリ」

今日はすっごいピリピリ。

バスの運転手にピリピリ。

バスのお金入れた時、

「君、ケイタイでんわ、やめなさい！　めいわくだろ！」って言われた。友達と3人で乗っていたんだけど、2人はケイタイ使ってて、あたしは寝てただけやのに！　うちちゃうわー!!!　ピリピリ。

小さい子供が道で泣いてたし、よしよししてあげたら、その子のおかんらしい人が来て、「たーくんになにすんの!?　頭なぐって　泣いてるやないの！」って、キレてはってどっか行った。あんたがたーくん置いてったから泣いてたんちゃうんかー。うちちゃうわー!!　ピリピリ。

最後は一番ピリピリ。

電車に乗ってたら、あやしいおっさんがあたしのうしろへ来た。なんだかそわそわして、いかにもちかんってかんじ……。なんかしてきたら今日のうっぷんぶつけたんねんって思って、まってた。まった。まってん。まちくたびれた。なんや、ちゃうんかなって思ったら、うちのよこの女子大生のケツさわとったー。うちちゃうわー!!! 心ヒソヒソ。あたしにはみりょくかんじんかったっポイ。すぐおっちゃんおりて、女子大生ピリピリしてた。
今日は、ホンマにピリピリ。
家帰ってごはんは、キムチたべてピリピリやった。

問題の本質つく「問題児」

今回の執筆者・A子さんは、当時流行のコギャルであった。コギャルというと「短いスカート・口紅・ピアス・茶髪、ケータイ」というのが一般的イメージだった。学校では問題児として常に指導の対象だったが、彼女はいつも快活で機転の利いた対応で厳しい指導をすり抜けていた。生徒指導の教師達はそんな彼女にほとほと困っていたが、僕の授業ではカキナーレはよく書いた。その中の一つが今回取りあげたものだ。ここには学校では知ることの出来なかった彼女の一面が活写されている。

これを読んだときの衝撃を今も思い出す。一気に読んだ。思いきり笑った。教師達からは反社会的な存在と見られているコギャルが、日常の中でこんなにも必死にたたかっているのかと思うとせつなかった。

彼女の内面を示しているのが擬音語の「ピリピリ」だ。辞書には「わずかな刺激にも激しく敏感に反応しそうに神経が張りつめている様子」とあったが、まさにその通り。外見とは反対にセンシブルでやさしい心。その一方、偏見や常識でものを判断する大人達の姿が浮かび上がってきた。だがそんな深刻ぶった僕の思いを吹き飛ばしたのが、最後の「ピリピリ」だった。

つまり、それまで心理的意味として使用していたピリピリを味覚の意味に移行させ、かつ、それを文章のオチにするしたたかさ。このユーモア溢れる展開に脱帽した。

問題児と言われる生徒の方が、かえって問題の本質をついた文章を書くことが多い。この辺に現代の閉塞《へいそく》した教育を打開していく鍵があるように思えてならない。


（新聞掲載日 11・5・14 22回）

✣ 最近のナンパは芸がない ✣

「ナンパと孤独」

（07年社会人学生女子A子）


夏が近づいているからだろうか。最近よくナンパをされる。

しかし最近のナンパは、あまりにも単純で芸がない。わざわざ人に音楽のイヤホンを外させた第一声が、「って言っても、ナンパやねんけどな」である。私は、呆れる感情を抑え「ごめんなさい」と丁寧に断る。すると相手は、私を大人しく従順な女だと勘違いし、しつこく付きまとう。

大学からの帰り道、夜の11時をまわったホームで電車を待っているところでのナンパに、私の逃げ道はない。こんな御時勢だ、しつこく絡み出されると身の危険さえ感じる。周りの男たちは、私が嫌がっている姿を横目でニヤニヤと見ているだけ、助けてくれる人など一人もいない。

ナンパは、出会いなどではない。ナンパは、女を孤独にさせる。

「これってナンパ?」

（08年大学2回女子B子）


私はその日、梅田の地下の服屋を一人転々と見て回った。欲しいものは買って、財布も寂しくなってきたので、帰ろうかなと思い、地下をぼーっと歩いていた、
その時！　私の肩をとんとんと叩く人がいた。こんなところで?　友達かな?と思って振り返ると、そこには見ず知らずのおっさんがいた。私はよく道を聞かれるので、あぁ、この人も迷ったんかな、と質問を待った。

ところが、おっさんの言葉は「お茶でもいかへんか?」だった。

おもわず、私はすごい困惑した顔で「はぁ?」

しかしおっさんはそんな返しにも動揺一つ見せず、すぐさま「おごったるし、お茶せえへんか?」

てっきり道案内を予想していた私は頭が真っ白になり、黙っておっさんを見続けた。それでも、おっさんは「行かんか?おごったるから」を繰り返す。

そんなおっさんの勢いに圧倒され黙っていると、なおも「行かんか?　行かんか?」と、確認

するように言って、去っていった。
あれは一体何だったのか。

あれは一体何なのか？／怒り、虚しさ……身の危険も

先日（3／30）、新聞の社会面を見ていたら「ナンパ断られ切りつけ・女性顔にけが」という見出しが飛び込んできた。それによると、若い女性が男に声をかけられたのを無視したため、顔を殴られた上、ナイフのようなもので顔を傷つけられというものだった。

最近のナンパは、一つ間違うと命に関わる恐ろしいものになったようだ。

A子さんの場合もその恐れは十分あった。ナンパといえども、それなりの手順を踏んでの誘いであるならともかく、いきなり「ナンパやねんけどな」とは恐れ入る。何とも貧困なコミュニケーション力である。しかも周囲でニヤニヤしてしながら見物する男達の環視の中であったのだから、恐怖とともに自身の存在の虚しさを強く感じたに相違ない。だが、その虚しさと怒りを最後の一文「ナンパは、女を孤独にさせる」に凝縮させたところが、彼女のアイデンティティである。

また、地下道でB子さんに誘いの言葉を繰り返すおっさんも、現代の貧困な人間関係を象徴している。それに対して彼女は一語も発せず、最後に「あれは一体何だったのか」と、冷静に突きはなす。そのしたたかさに救いは感じるが、これ又一歩間違えば命の危険につながる恐れは十分にある。確かに最近のナンパは、あまりにも単純で芸がなくなった。

✣一瞬にして輝く「平凡な日常」✣

「落とし物は何ですか」

（01年高1女子）


♪幸せは歩いてこない、だから歩いてゆくんだね♪

なんて曲があったけれど、私の幸せはそんなに大げさなものではない。探さなくても転がっていることの方が多いみたいだ。

例えば、眠れない夜、ホットミルクに蜂蜜を混ぜて飲んだ時の幸せは七〇％。とっても穏やかな気分になる。

晴れた日におフトンを干して、自分も一緒にボーっとしてふかふかのおフトンの出来上がりを待つときの幸せは七五％。

学園祭のとき、息つく間もないほど忙しく動き回っていたのに、ふいに余裕が出来て、仕方ないから一人でポツンと空なんかを見上げたときの幸せは八〇％。なんだ、時間はいっつも同じ速さで流れているんじゃないのって、当たり前のことに気づく。

フラフラと不安定な人生を一人で歩いていたら、ひょんなことから一緒に歩んでくれる友人を見付けたときの幸せは九〇%。

最後は日本語を悠長に話しきる自分に気づいた時。ひとつの言語を覚えてコミュニケーションできていることに素直に感動する。自分が生きていることがうれしい。これはもう一二〇%。

ほらね。少し考えただけでこれだもの。これ以上書こうと思ったら止まらなくなるわ。たしかに幸せは歩いて来ないけど、自分で見落としてたりしませんか。気づかないで通り過ぎてたりしない?

もったいなあーい。

生きている幸福度120%/見逃すなんてもったいなーい

まだ私が若かったとき。友人と〝人生論〟〝幸福論〟を戦わせていた。議論の中心はいつも「人生如何に生きるべきか」とか「人間の幸せとは何か」といった抽象論が多かったことを思いだす。今思えば、平凡な日常の中に幸せを見出す等という発想は全くなかった。

そんな私が、平凡な日常を強く意識するようになったのは、何と言っても女子高生達の影響である。何しろ彼女達の手にかかると、平凡な日常が一瞬にして輝きを帯びてくるのだから驚きだった。

今回紹介するA子さんもその一人。彼女の人生論(幸福論)は実に具体的だ。「眠れない夜、ホットミルクに蜂蜜を混ぜて飲んだ時」とか「日本語を悠長に話しきる自分に気づいた時」等々。彼女にとって、日常は宝の宝庫なのだ。

考えてみれば、日常の、どんなに平凡なものや出来事であっても、角度を変えて見れば違って見えることはよくあること。また、日常に目を向けるのは女性の特質といえばその通りなのだ。だが、彼女のすごさは、その平凡な日常の幸福度を、七〇%、八〇%と目に見えるように表記した点である。まさにコロンブスの卵と言ってよい。斬新な発想だ。

そして、彼女は、「たしかに幸せは歩いて来ないけど、自分で見落としてたりしませんか。」と、高望みしすぎるばかりに多くの幸せを見逃している人々にメッセージを送るのだが、それが深刻にならないように、「もったいなあーい。」と、結んでいるのが、いかにも女子高生らしくてほほえましい。

（新聞掲載日 09・5・28 23回）

✣ ケータイ ✣

「鳴りつづける携帯」

（01年 高1女 A子）


最近、あたしはメールにこりだした。

ある日、思いきってメル友を探せるサイトに接続してみた。

数分後、いっぱい返事が返ってきたのだ。すごくうれしかった。その中からいいなっと思う人に送ってみた。すると、すぐ返事が返ってきた。あたしはうれしくなって、それからいっぱい送りまくった。気がついたら九人になっていた。女の子が二人、男の子が七人だった。かなりすごいことになってしまった。一日で一〇〇件以上こえるメール。一日中携帯は鳴りつづけた。お父さんに、「お前、携帯何回鳴んねん。」と怒られてしまった。でも、あたしはへこたれず返事を出しつづけた。一人一人同じようなことを送ったが、返事はみな違い、楽しかった。たった一日でわたしはメールのとりこになってしまった。それからはもう生活に欠かせないものになってしまい、どこにでも持っていくようになった。

なんだか、子どもを連れて歩いているような感じだ。


（08年　大学1回女　B子）

「ケータイ」


こいつ、なかなかやりよるな。こんなデジタルな機械で、人と仲良くなれる。

メールの返事が早いと、

「私って愛されてる」

メールの返事が遅いと、

「私って嫌われてる」

そんなわけないのに……。
ただ、暇なだけかもよ。
ただ、寝てるだけかもよ。
でも、そんなことに、一喜一憂する私。
ケータイは、絆を確かめるもの。
そんな錯覚に陥ってしまうただの通信機械。

一日でとりこになった／「絆、確かめられる」錯覚に

最近の新聞に、現代人の携帯依存の実態が書かれていた。それによると、9割以上が寝る時も枕元に置き、5割がトイレに持参し、2割は風呂場へ持って行くとあった。今や老いも若きもケータイなしではすまない時代に突入している。

01年作の「鳴り続ける携帯」には、今日の携帯依存の端緒とでもいうべきものが書かれている。A子さんは、携帯でメル友の探せるサイトに接続してからメールの虜となる。いつでもどこでも瞬時に多数の友人とリアルタイムにつながるからだ。「なんだか、子どもを連れて歩いているような感じだ」には、当時の彼女の高揚した気分が表現されている。

だが、最近は、携帯のマイナス面が目立つようだ。例えば、ケータイでしか人間関係をもてない若者とか、ケータイの返信が遅かったという理由で友人関係がぷっつん切れてしまった中高生、といっ

たこと等々。

だが、B子さんは、彼氏からのメールの返事の遅速に一喜一憂する自分と、そんな自分を冷静に見つめるもう一人の自分を描いている。彼女の場合、今や生活の必需品と化している携帯をいたずらに否定するのでなく「こいつ、なかなかやりよるな」と侮れぬものとして認め、その一方で「デジタルな機械」「ただの通信機械」と認識している点で大人である。

今や若者世界での携帯電話は、連絡手段である以上にコミュニケーションツールになっている。だからこそ、中高校生たちは、B子さんのような思考力を身につける努力をしてほしいものだ。

(新聞掲載日 09・6・11 24回)

✣ 幸せ探しの達人 ✣

「軒先の黒板」

―つかれているあなた、空を見て下さい。
―新しいことを始めるのは誰だって勇気がいるものです。
―失敗したっていい、それでまた大きくなれる。

(00年高1年A子)

毎日毎日何か書いてある小さな黒板。通学路の駅近くにある小さなお店の軒先にそれはある。

それに気がついたのはもうずいぶん前のこと。お飾り用の小さな黒板があっていつもそこには何かホッとする言葉が書いてある。私はいつの間にかその言葉を見るのが楽しみになっていた。

この間、勇気を出して友達と一緒に店の扉を叩いた。

「すいません、いつも黒板見てます。あれどなたが書いてるものなんですか?」

ちょっと洒落たバーだった。お客はなし。奥から気の弱そうな若い男性が出てきた。

「僕ですけど…?」

なんとなく納得した。うんうん、この人だったら分かる気もするって。

「いつも素敵な言葉ありがとうございます。これからも書いて下さい。」

それだけ言って逃げるようにその場を後にした。なにか晴れやかな気分になった。


(98年高1年B子)

「少女のさりげない主張」

学校の帰り道、小さな女の子を見た。その子は自転車に乗っていた。しかし、その自転車はその子の物ではないらしい。なぜかというと、それはどこからどう見ても、男の子用としか思えないようなデザインだったから。女の子は、私の斜め後ろで言った。

「……なんでわたしがおにいちゃんのん、のらなあかんのよぉ。もぉ……」

大きな大きな独り言。何度も何度も〝おにいちゃんの……〟を繰り返す。きっと、私に〝女の子が男の子用の自転車に乗ってる〟と思われたくなかったのだろう。その子は私を追い越し、ちらっと私を見ながら言った。

「わたしのじゃないのに……。」

〝わかってるって……〟

私は心の中でそうつぶやきつつ、不自然な独り言を続ける少女の背中を見送った。

幸せとは？　生きがいとは？

日々、忙しさに追いまくられて暮らしている人達には、およそ縁遠いもののように思われる。でも、そんな人達にぜひ読んでほしいのが、今回のカキナーレだ。

毎日の通学路のお店の軒下にある黒板。そこに書かれている文章に幸せを感じ、さらにそれを書いた人を知りたくて、ある日、お店に飛び込んでゆくA子。ここには日々の平凡な生活の中に埋没することなく自身のドラマを創作し、アクティブに生きている人間の姿がある。

学校の帰り道。男の子用の自転車に乗った小さな女の子。彼女の側にいた筆者に必死に言い訳をしながら立ち去っていく女の子。そんな彼女をB子は愛情を持って見送る。〝わかってるって……〟とつぶやく彼女の心は幸せで一杯だったに違いない。

人はよく、日常というのは平凡すぎて退屈だという。だがそれは、毎日物や人間を同じ方向、同じ思考で見ているからではないか。僕の好きな川柳に〝考えを変えればフッとでる笑い〟というのがあるが、まさにこの通りである。その点で、周囲の物や人に関心を持って生きている女性は幸せ探しの達人だ。

次も、女子大生の小さな「幸せ」発見カキナーレである。

下宿（マンション）の隣にどんな人が住んでいるか知らなかった彼女。

ある朝、扉の外で隣人と出くわした。

「暑いですね。」とその人。

「そうですね」と私。

眼鏡をかけた優しそうな女の子だった。にこりと笑いあって、私達はそれぞれの部屋に入った。人と人とのつながりは、いいものだな、としみじみ思った、今朝のひととき。（08年大学2年C子）

（新聞掲載日　10・2・11　39回）

❖ 闇は癒しの空間 ❖

「下駄の音」

（03年、高3年A子）

鬼太郎の歌じゃないけど、私はこの間何ともいい感じの下駄の音を聞いた。

その日、私は車のライトだけが目立つ暗い夜道を歩いていた。すると前方で遮断機がなっていた。私は電車が通り過ぎるのを待っていた。すると、その時下駄の音が聞こえて来た。

カランコロン…カランコロン

暗いので音の主は見られない。私は闇に溶け込むようなその音に釘付けになった。誰のしゃべり声もしない。静寂。踏切が締まっているから車の動きもない。停止。そして人の姿を隠す闇。

暗闇に響く下駄の音。まるで時間の流れを止めるかのような音。強烈なインパクトを私に与えながらゆっくり消えていった。真っ直ぐに延びた道のどの辺りを下駄は歩いているのだろう。ちょっと引きずりを含んだ独特の音。同じリズムでころがるように…。

おそらく向かう先は銭湯だろう。一日の疲れをとるために、カランコロンと夜道を下駄は行く。ほんの一瞬、私の心を通過して。

心に響くカランコロン

酷暑、猛暑、炎暑の活字が新聞紙上に飛び交う今年の夏。夏といえば怪談。その夏に闇・カランコロン（の下駄の音）が重なれば、ご年配なら幽霊、それとも牡丹灯籠のお菊さんの幽霊を連想するのではないか。

だが、最近の若者は必ずしも闇を恐怖ととらえず、むしろ、身近なもの・癒しの空間と感じている者も多い。

今回のＡ子さんのカキナーレもその一例である。これを読んでまず気づくのは、暗闇に響く下駄の音ーカランコロンが、怖い幽霊でなく愛すべき鬼太郎の下駄の音に重ねられていることだ。幽霊から妖怪への世界観の転換。

鬼太郎は、ご存知のように水木しげる氏の妖怪マンガのヒーローだが、幼いころの彼女は熱心な鬼太郎ファンだった。それゆえに、妖怪の出る闇の世界には少しの抵抗もなく溶け込んでいけたのだ。結果、闇に響く下駄の音も「いい感じ」に聞こえたのである。

「闇に溶け込むような音」「まるで時間の流れを止めるかのような音」「ちょっとひき」「ちょっと引きずり含んだ独特の音」「同じリズムでころがるような音」等々、さまざまな表現でくり返される下駄の音。

それはあたかも生き物のように闇の世界に響く。音は彼女を釘づけにし、強烈なインパクトを与えながらゆっくりと消えていくのだが、それが消えていくまでの時間こそ彼女にとっては癒しの時であったに違いない。

暗さ故に彼女の想像を膨らませていく下駄の音。そういえば、以前「目からの映像は頭でとらえ、耳からの音は心でとらえる」ということを聞いたことがある。この言葉に沿って考えると、最後の一文「ほんの一瞬、私の心を通過して」の表現はしごく自然だ。まさに下駄の音が彼女の心の中にまで広がっている様子が読み取れる。

彼女にとって、闇は、聴覚をとぎすませる世界であると同時に心をも豊かにしてくれる世界なのだ。

（新聞掲載日　10・8・12　51回）

✣引っ越しのあいさつ✣

「最低限の礼儀??」

（11年大1年A君）

空き部屋になっていた隣の部屋に一人引っ越してきた。少し気になって車から荷物を運び出していたのをチラッと見てみた。……おお、女の子だ。

ちょっとテンション上がったね、流石《さすが》に。いやだからどうなる訳でもないんだけど、隣人はむっさい男よりもかわいい女の子の方が百倍良いに決まってる。しかし当然ながら接点などあるわけがない。まあそんなもんかと諦めていたらふいに気付いた。……そうだ、引っ越しのあいさつあるんじゃねえ。

どうしようか。やはりさわやかな笑顔で「よろしく！」と言うべきか。はたまた静かに「よろしく」と。いやここはクールに「……よろしく」の方が。いらん事を3時間くらい考えた。

あらかたのシミュレーションが終了した引っ越し完了の1日目。あいさつには来なかった……まぁしょうがないよな！　初日だし、片付けもあるだろう。

2日目。来ない……まぁまだ、2日目だ。色々やることあるだろう。

3日目。来る気配もない。3日待って流石に気付いた。これ、来ないんじゃね？

最近の若者には引っ越した時のあいさつは浸透してないの？　ホントに、常識じゃないのこれ！　あれ、ちょっと待て。そういえば俺ってあいさつしたっけ？　たまたま出会った人には「引っ越してきました」と言った記憶はあるが、わざわざ隣の部屋に行ってまであいさつはしてないような。いや、行っても留守だったからあっさりあきらめたんだっけ。

えー、見知らぬ隣人さん。すいません、色々文句言いまして。最近ではしないもんなんだよ。俺もやってないからじゃなくて若い人は、多分……きっと……やってないよね？　ま、そのうち出会ったときにでも挨拶してくれればいいや。その最低限の礼儀くらいは期待してても良いだろうし。

今時男子の〝常識〟

今回のカキナーレは、下宿暮らしの男子学生が、隣室に引っ越してきた女の子と何とか接点をもちたいとあれこれと妄想するが、結局自分自身からは何も行動しないで終わる、という話だ。

初めて読んだ時は、若い男の、異性への心理が上手く捉えられていておもしろい、ぐらいにしか思っていなかった。が、何度か読むうちにどうもそれだけでないことが見えてきた。結論を先に言えば、それは、世間常識に依拠しながら生きるオッサン化（老成化？）した若者像である。それが最もよく示されているのが、女の子との接点の手段として「引っ越しの時は近隣に挨拶する」という世間常識を持ち出している点だ。自分はその常識を実行出来ていないのに、3日目になっても挨拶に来ないと分かった時、その常識意識はピークに達する。

「最近の若者には引っ越した時のあいさつは浸透してないの？ホントに、常識じゃないのこれ！」

この言葉には、思わず吹き出した。まるでおっさんだ。うがった見方をすれば、男はともかく、女なら常識じゃないの、という男の身勝手な論理が透けて見えるからだ。だが、この姿勢は一貫せず、次には「すいません、色々文句言って…」と、前言を翻《ひるがえ》すところなど、今時の若者の一面も見せる。そして、最後には、初めの常識、それも「最低限の礼儀」を持ち出し、相手の行動に期待するという始末。

恐らく、A君は、こうした一連の心理や行動に無意識だったと思う。が、それゆえにかえって、男の身勝手さの、根の深さを感じる。それに加えて気になったのは、自らは何も働きかけず相手（女性）

からの行動を待っているという「待ち」の姿勢だ。
これって今の若者の常識なの？

（新聞掲載日 12・5・17 93回）

✣ マンションの隣人 ✣

（07年大2年A子）

「お隣さん事情」

この前初めてお隣さんに会った。

お隣さんと言えば、『サザエさん』の磯野家と伊佐坂先生宅の如く和気藹々とし、「昨夜カレーを作りすぎたんですぅ。」とお裾分けの一つでもかましそうなものだが、生憎と昨今のマンション事情では、隣人との交渉はほとんど皆無である。同じ時間に講義が始まる日もあるのだろうが、不思議と逢うことがない。同じタイミングで扉を開けるなんて、事故にあうくらいの確率なのだろう。プライバシー保護の為か表札も無いから、何号室に誰が住んでいるかも分からない。ただ壁越しに伝わる雰囲気で、隣に住んでいるのが男なのか、女なのかは分かる。私の部屋の右隣は女性、左隣は男性である。その日会ったのは左隣のお隣さんであった。

思い起こせば今年の四月の始め、私の部屋の戸を叩く人がいた。宅配便が来るはずもないし、大家さんでもなさそうだ。一体誰なのか分からないのだが、名乗る気配も無くただ戸を叩いている。正直怖い。自分は仮にも女の子であるから、不用意に開ける訳には行かない。暫らくするとその人物は去っていったようだが、数日後、玄関の戸の郵便受けに隣人から引っ越しの挨拶を兼ねてのお菓子が突っ込んであった。

「何度か尋ねたのですがお留守だったようですので」との手紙がついている。部屋番号を見ると、左隣の男性からだ。先日の不審者はお隣さんだったのかと思い当たった。申し訳ないことをしたなぁと思いつつ、お菓子は美味しくいただいた。お返しにと、ゴールデンウィークの後、地元で買ったお土産をこれまた玄関の戸に突っ込んでおいた。

それ以後の交渉はなく、その日初めて会ったのだ。何と言葉を掛けて良いものか。「あら、どうもぉ」と言ったところで、どうも何なのか。ありがとうなのか、スイマセンなのか。結局何も言わずに部屋に入った。お隣さんも無言で部屋に入った。昨今のお隣さん事情はかように複雑且つ微妙なものなのである。

身近で疎遠　微妙な関係

地方から出てきた学生にとって住まいは大きな問題だ。住まいには下宿・学生寮・アパート・マンションとあるが、最近の学生、特に女子学生に人気があるのはマンションのようだ。今回のＡ子さんもマンション暮らしをする大学2回生。彼女のカキナーレは、マンション暮らしの中での人間関係、中でも一番身近な隣人事情を内側から浮き彫りにした、ちょっとした日本人論なっている。

「隣人との交渉はほとんど皆無」という論の根拠に自らのマンション体験を紹介しているので、説得力もある。その隣人との複雑且つ微妙な疎遠な関係を「突っこんでおいた」で表現したのは上手い。「まあ、形だけはやっときますよ」といった様子が読み取れる。

このエピソードを通して伝わってくるメッセージは深刻だ。つまり、マンション暮らしによって「自由」は獲得できたが、その代償として隣人とさえまともに交流できなくなっている、という日本の現実である。

こうした稀薄な人間関係は、一戸建てに住む人間同士の間でも起こっている。今日の日本は、かつてのサザエさん型・下宿型人間関係からマンション型のそれに変貌しつつあるのだ。こうした転換の背景に、必要以上に相手との関係を深めたくない、深めることで問題を起こしたくないという、今日の日本人の心理や人間観があることは言うまでもない。

〝自由にみちた現代に生きる日本人はその代償として孤独を味わなくてはならない〟と言ったのは、明治に生きた夏目漱石だ。

100余年後に生きる我々の孤独は、深まるばかりだが、まずは手始めに「お早うございます」の声かけから始めてはどうだろう。

（新聞掲載日　10・11・18　56回）

✣ デートスポット・鴨川 ✣

（10年大3年A子）

「鴨川等間隔の法則」

四条大橋の下を流れる鴨川の河原は、デイトで歩き回って疲れた恋人たちがちょっと涼を求めてやってきては腰を下ろし、川の流れを見ながら語らいあう場所である。と同時に独り身の人間がそんなカップルたちの姿を見て「とんびにでも襲われたらいいのに」と、毒づきながら四条大橋を足早に通り過ぎる、という奇妙な場所でもある。他のカップルとの距離を考えた結果、一定の間隔をあけて何組ものカップルが河原を占拠するこの光景は、俗に「鴨川等間隔の法則」と呼ばれている。京都のちょっとした名所である。

私がこの法則を教えられたのは大学に入って京都を頻繁に散策するようになってからだった。七月の始めごろのある日、友人と河原町で買い物をして、そろそろ家に帰ろうとしたとき、「鴨川等間隔の法則」に遭遇した。友人は初めてみた現象に驚いている私に、丁寧に教えてくれた。

その現象を面白く思った私は、「あの等間隔の中に入り込めるかな」と言って、半ば冷やかし気分で鴨川の河原に下りてみることにした。

しかし下りてすぐに、女同士には場違い、否、異世界に入り込んだような疎外感を感じた。等間隔の男女の間に入り込めるどころか、その場にいることすら難しいことを実感したのである。四条大橋から見下ろしてくる人々の視線が痛かったのだ。男女ならまだしも、我々は女である。ソッチ系に思われてもおかしくはない状況だった。

視線は痛いし蚊には刺されるしで非常に悲しくなったので、五分と経たないうちにそそくさと退散した。そのまま友人と別れて帰路に着いた。

今度来るときは男と女でチャレンジしたいもの、と決意したのだが、残念ながら今以《もっ》てチャレンジに乗ってくれる相手はいない。

あこがれの異世界

鴨川は京都のデートスポットの中では有名だ。河原に沿って男女が一定の間隔（1メートルぐらい？）を開けて、四条大橋付近から三条方面にかけて、肩をまるで2個一組の寿司のように寄りそい、座っている光景は壮観だ。しかしこの光景を初めて見た者は、誰しも度肝を抜かれる。地方出身のA子さんもその一人だった。この光景は俗に「鴨川等間隔の法則」と呼ばれていると友人から聞いた彼女は、大胆にも、河原に下りていったが、女同士には場違い、否、異世界に入り込んだような疎外感を感じて即座に立ち去る。その理由は「四条大橋から見下ろしてくる人々の視線が痛かった」からだが、瞬時にその場の雰囲気をとらえる彼女の感性は鋭い。

ところで、同じ鴨川風景を女子高生、それも地元の女の子は、どう見ているのか。その一部を紹介してみる。

〝京都の恋人達のあこがれ、「チチくりあい」スポット。それは「かも川」である。夏の夜のかも川はある種「ラブホテル」のような感じである。カップルの間を同間隔にあけて座りちちくりあっているからだ。いやらしいったらありあしない。／夜のかも川は、カップルだけではない。変な酔っぱらい達がウジャウジャいる。それに飢えた男、女がいる。彼らはかなり飢えていらしゃるので、女の子だけとか男の子だけというグループにかたっぱしから声をかける。そして、仲良くなって……、この先はけがらわしくて書くことが出来ない。（後略）（98年高3女・B子）〟

いやさすが、地元の女の子の目は鋭い。一見さんでは見抜けぬど迫力だ。

A子さんがこの文章を読んだら、果たしてどんな感想を持つだろうか、興味深い。

（新聞掲載日　10・12・2　58回）

❖おばあちゃん　おじいちゃん❖

「毎日の日課」

うわさで聞いていた。

「○○さんの所のおばあさんがボケて家の近所を毎日何周も歩いているらしいよ。」

（02年高3女A子）

昨日、久しぶりに犬の散歩をしてたらうわさのおばあさんを見た。一度も話したことのないおばあさん。私は「おはようございます。」と言った。と同時におばあさんも「おはようございます。」と言った。私の心は締め付けられ、少しの間、頭の中が真っ白になった。

家に帰ってからも、おばあさんのことを考えていた。「おはよう」の言葉と共に見せたあの顔が、心の中に引っかかっていたからだ。

これまで私はボケた人というのは、自分勝手にしゃべって行動する身勝手な人だと思ってきた。だから、あのおばあさんも自分勝手に歩いているのだと思っていたのだ。けれど、あの顔は救いを求めていた。話し相手を求めていた。あの瞬間だけは、決してボケてはいなかった。私はそう断言できる。

おばあさんはなくしたものを探すために今も歩きつづけているに違いない。ぐるぐる、ぐるぐる同じ道を。

（02年高1女B子）

「おじいちゃんの手」

これは学校帰りの電車での話。

私はいつものようにつり革を持って立っていた。ふと目に飛び込んできたのは、前に座ってウトウトしているおじいちゃんだった。目がいったのはその手だ。スゴクぶあつくゴツゴツしていた。しかし、一番ビックリしたのはその爪だった。黄色くなっていて、ほとんどの爪がひび割れていた。それは今までいっぱい仕事をしてきた証拠のように思われた。もうかなりの年のように見えた。痛くはないのだろうか。

ゴツゴツしていて　ぶあつくて
働き者のようなおじいちゃんの手。

私はとうとう電車を降りるまでその手を見ていた。
おじいちゃん、変な女の子だと思ったんじゃないかな。

大先輩の人生を思う

戦後の日本人は、個人の自由を追求し、煩わしい人間関係を極力避けるようになったが、その代償として温もりのある人間関係を失った。その影響は近所づきあいはもちろん、家族内にまで及んできている。

こんな日本の状況に警鐘《けいしょう》を鳴らすような文章。それが今日のカキナーレである。

A子さんは、家の近所を何周も歩き回る、同じ町内に住むボケのおばあさんを取りあげ、その姿に現代の日本人の孤独を読み取っている。そのきっかけとなったのは、A子さんの「おはようございます」の挨拶に、即座に返事をしたおばあさんの顔だった。

「この瞬間は、決してボケてなどいなかった。あれは救いを求めている、話し相手を求めている顔だった」と。

世間からはボケと見られているおばあさんの徘徊。実は、この行動は話し相手を求めてのものだったのだ、と彼女は推察するのである。このような人間観察の鋭さ、隣人へのやさしい眼差しこそ戦後日本人が喪失してきたものであったのではないか。そう考えると、最後の「ぐるぐる同じ道を」歩き回るおばあさんの姿も違って見えてくる。その姿は、心のさびしさを話す相手を求めている現代の日本人の象徴のようではないか。

次のB子さんのカキナーレも、他人の存在に無関心な現代の日本とは全く違った内容になっている。彼女にとって、目前に座っているおじいちゃんは決して「風景」ではない。他人ではあっても生身の人間であり人生の大先輩なのである。そのことに気づくきっかけが、ぶあつくゴツゴツした手、それも黄色くなってひび割れした爪だった。指の「爪」という体の一部からおじいちゃんの人生を洞察した彼女のやさしさは、A子さんの眼差しと同じである。


(新聞掲載日 11・1・20 61回)

「ビックリ×3」

この前、帰宅途中の電車待ちをして時にビックリすることがあった。時刻表を見てたら、男子中学生が私をじーっと見ていた。（何やろ？）と思ったケド、あんまり気にしいひんかった。が、電車乗った途端気づいた。車内は結構空いてんのに、あえて私の隣に座ってきたからだ。しかも、ピタ〜っと。ビックリした。でもまあ中学生やし、と思って安心してた。すると、荷物を反対に置いてもっとピタ〜ットくっついてきた。マジで？ってビックリした！動くのもめんどいしほっといたら、次はひじで私の腕をトントンしてきた。ほんまビックリ!! もうキモイ!!! と思って席を移動した。

中学生やし〝さわんなキモイ〟とか言えへんかった。中学生やのにビックリやわ。

アカンよ！ ホンマ！

（04年高3A子）

「初体験」

その日の朝は大雨だった。だからいつもより早く家を出て一本前の電車に乗った。

（04年高3B子）

雨だったせいか、かなりの人だった。阪急は何ごともなく乗れたが、地下鉄で事件が起きた。そう、チカンだ。私はチカン野郎の餌食《えじき》にされてしまったのだ。しかも後からでなく前から。私の胸やおしりを触ってんのがまるわかり。しかもそいつ、手は震えるは息は荒いはで鳥肌が立った。(だあぁ、ただでさえ朝っぱらから雨が降ってこっちはブルーやのにチカンとかバリだるいし)と思って顔を上げてア然……。驚いたことにチカンは学生だった!!

〝いやいや、あんたにはまだ早いって!〟って突っ込みたくなる程だった。いくら抵抗してもやめそうになかったので、「触んなって」と言ったら、「すみません……」と小声でつぶやきさっさと出て行ってしまった。〝謝まんやったらすんなっつうの!!〟と心の中で叫んでいた。でも中年のオジさんよりかは全然イイかもっ。いつもと違う体験やったなぁ、等と思っていた。

地下鉄を降り、地上に出ると、すっかり雨は上がり日が差していた。

頼もしい戦う女子高生

女子校に勤務していた頃、チカンが女子高生の身近な悩みであることを知った。登校中の女子高生に社会の窓を開けるチカンとか、寺の境内を歩行する女子高生に抱きついてくる変態男等、危険は一杯だ。中でも、登下校の電車内でのチカン被害は多い。実際に生徒がチカンに遭った時は深刻だ。だが、そんな過酷な状況の中で、徐々にではあるが、チカンと戦う女子高生も出てきている。今回のカキナーレはその一例だ。

Ａ子さんの出遭ったチカンはまだお尻の青い中学生。そんな中学生が一丁前に彼女にすり寄ってきたのだから、彼女ならずともビックリだ。それにしてもこの中学生のなんとおませなこと。彼女はそのビックリ度合いを３段階で表現しているが、これもお姉さんの貫禄か。そして最後に、男の子のキモイ行動を「アカンよ！ホンマ！」と、胸中で一蹴《いっしゅう》する。

Ｂ子さんが餌食になりかけたチカンは大学生。しかも前からチカン行為をするという大胆さ。とうとう我慢できなくなった彼女は、「触んなって」と言う。するとチカン野郎「すみません……」と小声でつぶやきさっさと立ち去って行く。チカン野郎のあまりのひ弱さ、意気地のなさに彼女は拍子抜け。それにしても、その直後の彼女の積極性（Ａ子さんも含めて）には驚く。「中年のおじさんよりかは全然イイかもっ」と発想を転換しつつ、「地上に出ると、すっかり雨は上がり日が差していた」と、忌《い》まわしい体験を見事に一掃するのである。何とも頼もしい。

新しい女子高生像を見る思いがする。

（新聞掲載日　11・7・28　74回）

✣ 彼女の想像力 ✣

（97年高3・A子）

「苦境電車」

電車通学をしていると、ついつい見知らぬ人たちの人生を勝手に想像してしまう。顔色の悪いサラリーマンを見ると、（昨日上司に何か言われたんやろうか？）と思ったり、赤ちゃん連れの若い奥さんを見ると、（姑さんと仲ようしてはるんやろうか？　夫といくつ離れているんやろ）等と空想したりする。

ある朝の電車に、30を過ぎたと思われる中太りの女性が、母親に連れられて乗ってきた。手にはタオルが握りしめられていたが、よだれをたらしている。車窓にしがみついて、虚ろな目つきで車窓の景色を追いながら、言葉にならない言葉で母親に話かけている。

（あの人は生まれた時から一生こんなだとわかっていたのやろうか？　それとも何かの事故で突然だったのだろうか？）

それから、私の長い長い想像が始まった。もし、私の産んだ子が、一生寝たきりの障害をもった人間になるだろうと医者に宣告された場合、私はその子をどうするだろうか。ひと思いに殺す？いやそんな残酷な事ができるはずがない。それでは、小さな身体に何本もの管を通され多量の薬を与えられ続ける子どもの面倒等見られるだろうか。看病で心身共に疲労し不安定になり、この子と一緒に死のうとか、生かし続ける方がかえって残酷なのではないか等と考えてしまいそうだ。

夫との愛の結晶とも言うべき我が子である。10ケ月間自分の体内で育て、どんなにか産まれてくることを待ち望んでいたことだろう。たくさんの夢を托し、やっと開花させた花。それを摘み取るようなこと等できるわけがない。しかし、その子の人生を考えると…。将来の自分に無関係な問題ではない、のだ。

結局、明確な答えも出せぬまま下車した。母親の白髪まじりの頭としわだらけの顔が目に焼きついた。そして、今なお、最善の方法が見つけられないままなのである。

自身と向き合う純粋さ

女子高生にとって登下校時の車内は、ある意味人生勉強の場でもある。とりわけ今回のA子さんは「ついつい見知らぬ人たちの人生を勝手に想像してしまう」とあるように、他者への関心が人一倍強い女の子である。

そんな彼女の想像力を強く刺激したのが、30を過ぎたと思われる中太りの女性とその母親の2人連れだった。娘はよだれをたらし、車窓にしがみつき、虚ろな目つきで車窓の景色を追い、言葉にならない言葉で母親に話かけていた。また母親は白髪まじりの頭としわだらけの顔をしていた、のだった。

(あの人は生まれた時から一生こんなだとわかっていたのやろうか?それとも何かの事故で突然だったのだろうか?)

ここで注目したいのは、「それから、私の長い長い想像が始まった。」とあるように、彼女の想像が、この2人連れにとどまらず、自身の「人生」へと広がっていった点である。もし自分の子どもが身障者であったらどうするだろうか、と、将来の自分の問題として捉えていったのである。

ともすると、他人の問題には出来るだけ避けようとする現代である。他人の問題を自身の問題として考える彼女の想像力こそ今最も必要とされている。彼女の想像力には、未だ経験不足からくる狭さはあるが、「今なお、最善の方法が見つけられないままなのである」とあるように、最後まで最善の方法を追求しようとする真摯さがある。それは、自身にとことん向き合って行く純粋さでもある。

一昨年の春、彼女から「第1子が誕生しました」という便りがきた。関西に住む彼女だが、今回の東北大震災や原発事故にはわが事として心を痛めているに違いない。

（新聞掲載日　11・11・10　81回）

✣ 成人の日 ✣

「二十歳」

もうすぐ二十歳。

（00年大2回男子A君）

なったからって、何が変わるわけでもない歳。

お酒は買えるし、たばこも吸える。

だからって何が変わるわけでもない歳。

でも気になる節目。

十代が終わる歳。

本当は喜ばしい歳、期待や希望がいっぱいのはずなのに、なんでこんなに悲しいんだろう。

もうすぐ二十歳。


（00年大2女子B子）

「おとな」

ハタチになってしばらく経った。

19の時の私と何が違うんだろう。

ハタチの誕生日は、去年と同じ。大好きなお店のケーキとちょっぴり豪華なプレゼント。去年と明らかに違うのは、背伸びして飲むピンクのシャンパン。そして当日からすこし遅れて届いた、選挙の葉書き。家族も親戚も、もう大人やねって。これからは責任がついてくるでって特別そうに言う。

私だって去年までハタチの誕生日は特別な日なんだと思ってた。ハタチはすごい大人で落ち着いてて、私もそうなると思ってた。でもその日は何気なくやってきて、気が付いたら終わってた。大人になったってどういうこと？ お酒が飲めるようになったから大人なの？ 選挙の薄っぺらい葉書きが届いたら大人なの？ 私は相変わらず、シャンパンよりカルピスが好きで、毎週『ジャンプ』を立ち読みして、ゲームをして、プリクラを撮って、カラオケで騒いで、お金が無いって嘆いて、将来が見えないと嘆いて、まるで大人になることを無理やり拒否しているみたいで。

もうこれからは誕生日を全力で喜べそうにもないな、と思う。この気持ちが大人に近づいたってことなのかな。

大人の生きざまチェック

人間がその成長の節目ふしめで経験しなければならない儀礼を通過儀礼というが、中でも、成人式（日）は、思春期最大のそれである。いわば、こどもから社会の一員としてのおとなになるという、人生の晴れ舞台なのだ。

しかし昨今の日本では、その「成人」の意味が問われるというよりは、商業主義で着飾られた若い男女の晴れ舞台のお披露目の観がある。そもそも「大人になる」とはどういうことなのか。法律上から言えば、満20歳になること、子ども時代には禁じられていた喫煙、飲酒ができること、選挙権を行使できる日ということだが、そんな形式的なことで説明のつくものではない。

その点、今回のカキナーレには、最近の若者の「成人」観ともいうべきものがよく表れていて興味深い。

確かに、二十歳になったからといってすぐに何かが変わるわけではない、という2人の認識は、これまでの若者と変わっていない。だが、問題は「本当は喜ばしい歳、(略)なんでこんなに悲しいんだろう。」(A君)や「まるで大人になることを無理やり拒否しているみたい」(B子)という文言である。この成人観はこれまでの若者とは少々異質である。

「大人になる」ことが、なぜ「悲しかった」り、「拒否しているみたい」だというのだろう。その最大の原因が、高度な情報と超成熟化した日本社会にあることは間違いない。つまり、今の若者は、現在の生活は満足だが、これから先の人生(大人社会での)には希望や期待が持てない、と考えている節があるからだ。そんな若者を批判するのはたやすいが、その言葉は、それを言った大人にそのまま返っていく。なぜなら、大人になりたくないという若者の思いは、政・官・財に象徴される大人社会に魅力的な人間が少ないこととつながっているからだ。その意味で、「成人の日」は、若者達にその生きざまを厳しくチェックされる「大人の日」でもある。

そんなわけで、私は、今年の目標に「大人になるのもいいもんだと、若者に思われるような人間になる」を掲げることにした。

(新聞掲載日 12・1・12 84回)

✣ バレンタインデー ✣

（07年大1年A子）

「暴走女子」

二月の寒空の下、私は全速力で自転車を漕いでいる。そう、今日はバレンタインデー。一年の内で、女子が男の子に素直に自分の気持ちを表して良い日だ。

きっかけはひょんなことだった。私にはすごく好きな男の子がいたが、「バレンタインなんて…」と初めから諦めていた。友人にそれを話すと、「え！あげへんの？　何でなん？　高3やし、最後やしええやん！　頑張りぃやぁ!!　大丈夫、大丈夫。あんたならいけるって！」（笑）と、半ば面白がるように言った。「この野郎…」と思ったが、気が付けば動き始めている私がいた。

早速、彼にメールを送り、時間があるかを尋ねた。暫くして返信が来た。全くフリーとの事。何故か切なく思えた。この日、当てが無ければ、悲しく一日を終える人が世の中に何人もいるのかと思うと、やるせない。

それはさておき、私はその日から、馬鹿馬鹿しいくらいの努力を重ねた。新しい服を買い、ネットでレシピを検索し、買出しに奔走した。ビブ○に三時間居座ったときもある。電車男並みに友人に相談したりもした。

さていよいよ時間が迫ってきた。乙女と呼ぶにはかけ離れていたこの数日間の私。第三者から見たら、こんな女は可愛くないし、彼女にするのは勘弁したいだろう。でもまぁ、彼はそんな私を知らない。

だから今日はとにかく彼にこの気持ちを伝えることに全てを懸けていた。だが、緊張はペダルを漕ぐ度に増していく。そしてついに彼の下へ。緊張はピークに達し、心臓の音ばかりが耳についた。だが、私の記憶はここまで。それ以後は何を言い、どういう行動を取ったのかは今もって思い出せない。しかし、確かな事は、あの日から4ヶ月経た6月14日、彼が私の横にいるということだ。

人生はどういうきっかけで、うまく転ぶかわからんもんだとしみじみ思った。

恋のゲット　人生に通じ

今年のバレンタインデーも間近に迫った。この日は、女の子が好きな男の子に公然と愛を告白できる、女子にはうれしい日である。

今回のカキナーレは、そのバレンタインを「きっかけ」に彼氏獲得を果たしたA子さんの奮闘記である。と言って単なる恋バナではない。また、彼女は、彼氏獲得に突っ走る自分を「暴走女子」と表現しているが、実際は「慎重女子」、真逆である。

ところで、何事であれ、それを成就するには、周到な準備と果敢な行動力が必要だ。

それを図式化してみると次のようになる。①幸運のきっかけをつかむ↓②対象や自己の冷静な分析をする↓③果敢に行動する、となる。その点、彼女の、今回の一連の言動は、実にこれに合致している。

つまり、バレンタインという「きっかけ」をつかんだ彼女は、メールで彼のフリーを確認し、それから馬鹿馬鹿しいまでの努力（例えば新しい服の購入、彼の好みの料理のレシピの検索等々）を重ねていく。だが、ここで重要なことは、彼女がそんな自分を第三者の目で冷静に見つめている点だ。「乙女と呼ぶにはかけ離れていたこの数日間の私。第三者から見たら、こんな女は可愛くないし、彼女にするのは勘弁したいだろう。でもまぁ、彼はそんな私を知らない。」と。

最後は、素晴らしい行動力で彼に突進してゲットするのだが、このカキナーレは、最後の一文によって、単なる恋バナでなく、人生の問題にまで言及した深い内容になった。つまり、恋のゲットに至る一連の言動は、人生のあらゆる問題にも通じるのではないか、という認識である。

今年のバレンタインには、どんな「暴走女子」が誕生するか、楽しみだ。


（新聞掲載日　12・2・9　86回）

✣ 地域交流の場 ✣

「銭湯の思い出」

（96年高3Y子）

私の家には、一昨年に家を新築するまで風呂はなかった。毎日、洗面器と石鹸を抱えて、徒歩1分の、近所の銭湯に通っていた。幼い頃の私には不便だったし、カッコ悪いものと思っていた。だから友達にも隠していた。

銭湯に来る常連の顔ぶれは時間帯によってだいたい決まっており、その大半は老人である。そこでは、市場の安売りから、筋向かいの子供の進学先の情報まで世間話が飛び交う。そうした話題は、同じ時間帯に来ている者同士だけのものだった。とりわけ「夕方5時から6時」の常連客は、決してヨソモノをいれなかった。

15年間毎日通っていたその銭湯にプッツリ行かなくなってから2年たった。家の風呂に慣れ銭湯など忘れていたが、なぜか、昨日私は急に銭湯に行きたくなり、洗面器のホコリをはらい、あののれんをくぐった。アンマ機やヘアードライヤー、体重計、棚、うちわ…、なにもかもが小さくなったように見えたが、全てがあのままであった。常連の顔ぶれも変わらなかった。彼女らは同じような話題をしゃべっていた。（略）　私の姿を発見すると、みんな驚いたように、「Y子ちゃんやねぇ。ちょっと見いひん間にムスメサンにならはって」と言った。

近年、この辺りでもどんどん家が新築され、家に風呂があるのが当たり前になってきた。それに比例して銭湯の数が減っていく。こうした傾向は、自由に出歩けなくなったお年寄りの楽しみを奪った。だが、問題はお年寄りだけでなく、地域社会のコミュニケーションの「場」をも喪失《そうしつ》させていることだ。これは地域社会の崩壊につながることになる。

銭湯の帰路、「銭湯だけが楽しみや」というお年寄りの声が耳から離れなかった。

「温もり」の大切さ

自家風呂の普及でどんどん消えていく銭湯。今さら銭湯と思われる方もあるかもしれない。だが、3・11の東日本大震災後、この作品を読み直した時、たかが銭湯とはいえ、それが社会で果たしてきた文化的・社会的価値に改めて気づかされた。

もう自家風呂がかなり普及していた90年代。まだ幼かったY子さんにとって、銭湯は、不便でカッコ悪いもの。だから「友達にも隠して」おきたいものだった。だがなぜか、高3のある日、銭湯に急に行きたくなった。その理由については直接書かれていない。しかし、常連客の老人や年に数回やってくるヨソモノ、以前と変わらぬ脱衣所の備品や常連客たちの温もりなどで、それは暗示される。つまり、「物や人の温もり」のある世界への郷愁である。

そして後半で、銭湯が減少していく状況は単にお年寄りの問題だけでなく、「地域社会のコミュニケーションの場の喪失」、「地域社会の崩壊」につながる問題だ、と鋭く論じていくのである。

3・11後、この「物や人の温もり」の大切さがことさら強調されている。しかし、早くも15年前にその事に言及した彼女の先見性には驚く。それも単なる理屈ではなく、「銭湯だけが楽しみ」だとつぶやく老人たちとの体験を踏まえているのが秀逸だ。

将来は地域の人々の暮らしを取材するような物書きになりたいと言って卒業していったY子さん。彼女はカキナーレ第1期生だ。

（新聞掲載日 12・3・22 89回）

✣ 朝のゴミ捨て ✣

（11年大1年A君）

「異物」

一人暮らしを始めて色々と面倒くさいことはあるけど、一番面倒くさいことは朝のごみ捨てだ。朝8時までに所定の場所まで持っていかないと、その先一週間部屋の中に刺激臭が漂うことになるので絶対に忘れたりサボったりすることはできない。

まだ一限や二限から授業がある日は早起きして遅刻がなくなるから別にいい。でも午後から授業が始まる日なんかは、ゴミ捨てのために早起きしなければならないのは苦痛だ。

規則正しい生活が送れるのはいいことかもしれないけど寝れるんなら寝ておきたい。ホントに、限界まで。遅刻ギリギリでもいいから寝たい。それなのに朝七時に起床。もう、いや、面倒くさい。同じような考えの人が住んでいるのか僕の安マンションのごみ捨ては雑だ。指定日ではなくても遠慮なしに放置してあるし、燃えるごみに弁当のパックが詰まってたりする。でもこれはまだいい方だ。いや、良くはないけど、まだ誰でもやるようなことだ。

ところが、ある日ゴミ捨て場を見て驚いた。多分地デジで見れなくなったんだろうけど古いアナログテレビが、黄色い家庭用ゴミ袋、つまり燃えるごみの袋を申し訳程度にかぶってそこに鎮座していた。

さすがに、これは無茶あるだろ。燃えないし。でかいし。ゴミとして放置するのも間違ってるし。案の定それは回収されずに返ってきていた。ご丁寧に張り紙まで添えて。別に書かなくても分かるだろと思ってその張り紙を見てみると、「袋の口が閉じてなかったので回収できません」と書かれていた。

……えー。そこ？　もっとない？　色々と。じゃあ口閉じてたら回収してたの？

いくらゴミ捨てが面倒くさくても、あれだけはしないと思った。ま、普通はしないけど。

無精者、上には上が

今回は、マンションで一人暮らしをする男子学生の一番の面倒ごとが取り上げられたカキナーレだ。

で、その面倒ごとが、「朝のごみ捨て」と知ったときは、思わず笑ってしまった。普通、一人暮らしの男の子の面倒なことと言ったら毎日の食事とか洗濯とかいったことではないかと思いこんでいたからだ。考えてみれば、今の社会は、僕らが一人住まいをしていた60年代の生活状況とは全く違ってしまっている。洗濯は洗濯機がしてくれるし食事はコンビニ・ファミリーレストラン、部屋で食事をしようと思えば、インスタント食品もある。その中で昔も今も変わらないのが、朝のゴミ捨てだ。他のことが合理化・簡素化した中でのゴミ出しが面倒なのはうなずける。それにA君の場合は、「一週間部屋の中に刺激臭が漂うことになる」とあるから自炊が多く、生ゴミも多く出るのであろう。だから、午後からしか授業がなくても、朝8時のゴミ出しは絶対に忘れたりサボったりできないのだ。ところが、このマンションにはA君より無精な住人が多く、指定日やゴミの種別分けもせず、ゴミ出しする者が後を絶たない。

そんなある朝、黄色い家庭用ゴミ袋が申しわけ程度にかぶせられた古いアナログテレビが捨てられてあった。これには、さすがのA君もあきれ果てる。がさらに、未回収理由の書かれた張り紙の、いかにもお役所らしいその場しのぎの文言にも愕然《がくぜん》とし、思わず「じゃあ口閉じてたら回収してたの?」と、突っこむ。皮肉も利いていて痛快だ。

ところで、〝ゴミ捨て〟で思い出すのが原発だ。原発のゴミといえば核廃棄物。未だ処理方法も捨て場所もない放射能まみれのゴミ。これこそ、究極の異物だ。こんなゴミを排出する原発は一刻も早くご退場願いたい、と思う昨今である。

(新聞掲載日 12・8・9 99回)

✣ かっこいい男性像 ✣

「今ひかれるもの」

どうも今、一生懸命何かしてる人に弱い。　はっきり言えば、甲子園球児に弱いといった方が正しい。甲子園で見たあの汗と涙。たまらん。いいわぁー。ほんまに。

自分にはないことだし余計にひかれる。ミーハーなだけなんだけど、ああやって甲子園という大舞台でプレーしてる球児たちは、街でフラフラしてる高校生よりもたくましく、かつセクシーに見えた。輝いて見えた。不思議だわ。だって、街で見たら、ただの坊主なのになぁ。「一生懸命」って人を中身以上に輝かせるものかも知れないね。

（97年高3A子）

「男を感じた」

今日はあきひろ君の地元のお祭りだった。あきひろ君は白のハッピ、白の短パン、そして白の地下足袋・ねじりハチマキという出で立ちだった。そして、御輿《みこし》を友達と担いでいた。かなり暑そうやった。中にはなんとピンクの地下足袋の人もいた。驚きやった。なんかすごく男を感じた。

（98年高3B子）

「男の人のスーツ姿」

（99年高3C子）

私は男の人のスーツ姿がとても好きだ。思うに、男の人がスーツを着るとその人の一番かっこいい部分が表れるからだ。普段あまりパッとしない男性もスーツを着るとものすごくかっこよさがあふれ出る。しかも、その〝かっこ良さ〟は、人それぞれ違う〝かっこ良さ〟なのだ。（略）つまり、その人の一番ステキな部分が出てくるのだ。スーツはまさに男の人の特権だと思う。

だから、私はスーツ姿の男の人を見る時が一番楽しい。スーツ姿の男性を見ると、つい〝この人は黒より紺のスーツの方が似合うんちゃうやろか？〟とか思ってしまう。最近はスーツの形も柄もいろいろ出てきている。いつも同じようなスーツじゃなくて、たまにはちょっと違う着方をしてほしいなあと思う。

一体感が生み出す美

今回のカキナーレ3作は、女子高生がかっこいいと思う男性像だ。

まず、A子さんのは、炎天の下でプレーする甲子園児の姿である。その姿に素直に感動した彼女は、〝「一生懸命」って人を中身以上に輝かせる〟ものと、その理由を挙げている。が、恐らく彼女の一番の関心事は、同じ高校男子でも、甲子園でプレーしている時は「たくましく」「セクシー」に見えるのに「街で見たら、ただの坊主」である、という点にあるだろう。

次が、彼氏の祭り姿に男を感じたB子さん。彼氏は仲間とそろいの出で立ち、「白のハッピ、白の短パン、そして白の地下足袋・ねじりハチマキ」という格好（制服）で御輿を担いでいた。その姿に「なんかすごく男を感じた」と、普段には感じられない彼氏の色気に驚いている。

最後は、男性のスーツ姿がとっても好きというC子さん。彼女は、スーツは男性の一番よい部分があらわれ、普段あまりパットしない男性でもかっこよさがあふれ出て、「まさに男の人の特権」とまで絶賛している。

もうお気づきの方もあると思うが、3人の女子校生がかっこいいと思う男達に共通するのは、いずれもみな制服姿であることだ。同じ服装と統一した行動。つまり、ここには、一体感、均衡の美すら感じられるが、個人の意志が無視されるという危険もある。その点、「たまにはちょっと違う着方をしてほしい」というC子さんは、本能的に「制服美」のもつ危険性を察知しているようだ。

元々、人間は統一感・一体感を生み出す制服を本能的に好む傾向があるようだ。今回のような制服姿なら大いに歓迎だが、軍服姿の男性を格好良いという風潮にだけはなってほしくない。否、させてはならない。

（新聞掲載日　12・8・23　100回）

✣「特別な日」の役割✣

(96年高3A子さん)

「サンマ記念日」

今日の夕食はサンマである。我が家では、3年前から10月30日はサンマを食べることに決めている。というのも、この日は猫の三ちゃんの命日だからだ。今日も私はサンマを焼きながら、あの日の事を思い出す。

私は5歳の時に猫に噛まれたせいか、猫が苦手だった。いつもなら、道端に猫がいると、目を合わせぬようにして、ササッと脇を通り抜けて行くのだが、その日は何故か、ぱっちり猫と目が合ってしまった。(略)その猫は、ただただじーっと私を見ているのである。私はというと、早くこの場から立ち去りたいのに足が動かず、猫から目を離せずにいた。が、次の瞬間、ふっとその猫が笑ったかと思うと、(私には笑ったように見えた)ニャーンと私の方に近寄ってきた。絶体絶命のピンチ。そう思ったその時、私と猫の間を車が猛スピードで走り去った。あわてて目を凝らして見たが、もうそこには猫の姿はなかった。

その猫に次に出会ったのはそれから数日後だった。この前とはうって変わって、猫は寄ってきて甘え始めた。一瞬寒気はしたが、不思議と嫌悪感はなかった。それどころか、妙に親しみを覚えた。誰かに似ているような……。そう、1年前に亡くなった祖父に似ている、と気づいた時、

「ひさしぶりじゃのう。」という声が聞こえたような気がした。猫はニャーンと鳴いて私を見上げていた。

そんなわけで、この猫を飼うことにしたのだが、その後、三ちゃんと名付けられ、天気のいい日には、生前祖父がお気にいりだった椅子に寝そべって過ごすようになった。

ある時、ものはためしと祖父が好きだったテレビの時代劇をつけた。すると、三ちゃんは座ぶとんに座って目を輝かせて見ていた。以来、わが家ではこの猫は祖父の生まれ変わり、ということになった。それから三ちゃんは10年あまり生き、今はサンマ記念日として生き続けているのである。

そろそろサンマも焼けたようだ。食卓から私を呼ぶ母の声がする。

生きる意味　改めて実感

今回のカキナーレの表《おもて》のストーリーは、次のように展開される。猫が苦手だったA子さんが、猫を飼うことになったいきさつ。それから、三ちゃんと名づけられた猫の、家での様子—祖父のお気に入りの椅子に坐って、祖父の好きだったテレビの時代劇を目を輝かせて見ていたことや、そんな猫を家族が「祖父の生まれ変わり」と認定した—というようなことが、実にユーモアあふれるタッチで書かれている。

しかし、このカキナーレの核心は、「サンマ好きの飼い猫の命日」を「サンマ記念日」と命名し、特別な日として意味づけしたところにある。この題には、もう一つの物語が書かれている。キーワードは「祖父」である。確かに、題名「サンマ記念日」は、猫の三ちゃんの命日である。しかし、三ちゃんを「祖父の生まれ変わり」の「猫」と考えている家族にとっては、祖父を思い起こす日、換言すれば、実は祖父の思い出の日でもあるのだ。「サンマ記念日」にはそんな意味が内包されている。A子さん一家は、毎年この日を迎えるたび、祖父の存在やそれにつながる家族の結びつきを実感しているに違いない。

ところで、日々時間に流されるような生活をしている私たちにとって、結婚記念日とか誕生日などの果たす役割は大きい。なぜなら、それらは平凡な毎日に変化をもたらし、生きることの意味を改めて実感させるからだ。さらにそれに加えて、A子さんのような、家族（もしくは個人）独自の記念日を持つことは、人生をより豊かにしてくれるに違いない。最後に、恋人と食事をした日を記念日とした女流歌人の歌を紹介しておこう。

「この味がいいね」と君が言ったから
七月六日はサラダ記念日　　俵万智

（新聞掲載日　12・11・8　105回）

✣ 晴れの日も曇りの日も ✣

「雨のオーケストラ」

（09年大4年A子）

雨の日には雨の日の楽しみ方がある。

トントン、タタン

雨粒が部屋の窓硝子を叩《たた》く。久しぶりに予定がない休日、それだけでも嬉しいのに、雨が降ったら尚の事。世間の喧騒《けんそう》から離れて一人、家の中でゆったり寛《くつろ》ぐ。窓際にもたれて、毛布を被《かぶ》りながら、いつもと違う紅茶を淹れてみたりして。「世間様は雨の中大変だこと」と、中世の貴族気取りで大好きな本を一日中読む。今日のBGMはクラシックにしましょう。うん、更に贅沢《ぜいたく》な気分。

ひきこもり？　なにそれ、放っておいて。

トントン、タタン

目の前に繰り広げられる活字の波と、雨の規則正しいリズムとが眠気を誘う。転寝《うたたね》から覚めたらいつの間にか夕方で、ぜいたくではあるけど、ちょっともったいなかったりもする。滅多にない休日なのに。でもまあそれもいいか。

トントン、タタン

ＢＧＭはもうとっくの昔に終わっていて、雨音だけが聞こえてくる。
トントン、タタン
トントン、タタン、バシャッ
学校帰りの子どもが、勢い良く水溜りを踏んだ音。濡れるのも気にせず遊びまわった日を思い出して、ほんの少しノスタルジックな気分になる。
トントン、タタン、ベシャッ
あ、こけた。大丈夫かな。泣き声一つ聞こえて来ないところを見ると、どうやら心配ないみたい。雨の日は、いつもよりいろんな音が聞こえる。他の感覚が遮断されて、聴覚だけが鋭くなったみたい。
トントン、タタンタタン
雨音、子どもの声、跳ねる水しぶき…傘を開く音、ＢＧＭ要らずの、自然のオーケストラ。

人生に楽しみ見出す

休日の「雨」など、普通は敬遠したくなるものだ。が、今回のＡ子さんは、その雨を中心に据えて休日を楽しんでいる。それもおしゃれでぜいたくなものなので、いつの間にかこちらまでくつろいだ気分になってしまう。
そんなぜいたくな休日を演出していたのが、聴覚だった。そして、その聴覚が捉えた雨の象徴が「トントン、タタン」というオノマトペ（擬音語）だ。とりわけ、「自然のオーケストラ」と喩えた、最後の「トントン、タタンタタン」は、雨音や子どものはしゃぐ声、ころぶ音などを含んだ、人間味あふれるものだ。ともすれば視覚中心の慌ただしい生活をしている都会人だが、こんな雨音を聴いたら誰しも心を癒されるに違いない。

ところで、この作品には、もう一つ読み落としてはならない大事なテーマがある。それは、冒頭文に暗示されている。つまり、彼女は「雨の日の楽しみ」を言いつつも、それは人の生き方全般にも通じるものと考えている。換言すれば、「人生には晴れた日も曇った日もあるが、どんな日であっても楽しみがある」という、前向きな考え方である。

今回、「雨の日」で、それを実証した彼女だが、恐らくこれからもこの姿勢・考え方で人生を歩んでいくに違いない。

それにしても、昨今の日本はストレスの多い社会だ。この作品によって、聴覚の重要性に気づかれた方も多いことだろう。

最後に、彼女の聴覚がいかに優れているかを知ってもらうため、幼い時に視覚を失った作家三宮麻由子さんの文章を紹介しておく。

「ふだん私にとってほとんど無に等しい存在である町並み。それが、雨の日にだけ世界にたった一つしかない楽器に生まれ変わり、次々と音を紡ぎ出しては私の鼓膜にぼんやりと輪郭を表してくれる。その輪郭を物語る音が空中で混じり合うのを聞いていると、（略）雨の日だけの特別な景色を楽しむこ

とができるのだった。」（「そっと耳を澄ませば」より）

（新聞掲載日　13・7・11　120回）

❖ 正月風景 ❖

「年賀状」

（11年大2年A子）


何枚出す？／どこに出す？／どんな柄にする？／あれ？この人には送って大丈夫だったっけ？

ああ……今年もこの時期がやってきた。

年末特有の気分の中で、私は年賀状を作る。

私は毎年、何か一部でも手作り部分を入れるようにしている。パソコンを扱いきれないからというのも正直あるが、何か一部でも心を込めて作られたものの方が、もらった時にうれしいからだ。

大学に入ってから、年賀状を出す地域が広がった。相手の住所を書いている時に、不思議とワクワクした気持ちになる。友達の域が広がった感じがして浮かれているのだろう。

さあ、このあとアルバイトに行ってから年賀状制作に取り掛かろう。

今日は12月30日。

「わが家のお正月」

（11年大2年B子）

わが家のお正月は、今どきとしては珍しく形式ばっていると思う。まずおせちをテーブルに並べたら、新年の挨拶をする。たまに一人ずつ新年の抱負を言わされる年もある。それらすべてが済んでから、おとそが杯に注がれ回ってくる。もちろん年令順だ。これらすべてが終わって、やっと「いただきます」となる。ちなみに、おせち料理には一通り箸をつけるのがルールらしい。おせちを食べた後はそのまま宴会になったり、家族全員の百人一首大会が始まったりもする。なかなか古風な過ごし方だと思うのだが、他の家の様子を知らないのでなんともいえない。これを読んでいるあなたは、どんなお正月を過ごしたのだろうか？　ぜひ聞いてみたいものである。

受け継がれる文化

お年玉付き年賀はがきの発行枚数は、２００４年（約45億枚）から11年（約37億枚）までの7年間に18％近く減少しているという。その背景に電子メールの普及、個人情報保護法の施行等の事情があるようだが、いまだ30億枚以上の年賀はがきが毎年やり取りされているというのは、それが日本人の生活と密着しているからだろう。つまり、「年末特有の気分」の中で書かれる年賀状は、日本人にとって日ごろの人間関係、自身の生き方を写し出す鏡になっているのである。

それをよく表しているのが、A子さんのカキナーレの冒頭文だ。ここには、彼女のこの1年間、あるいはこれまでの人生で出会った人たちとの関係を振り返り、今後の生活に生かしていこうという姿勢が見られる。とりわけ
「あれ?この人には送って大丈夫だったっけ?」にはそんな思いが読み取れる。

そんな相手を気づかう彼女の気持ちの表れが、「何か一部でも手作り部分を入れて書く」という行為なのである。

次のB子さんのカキナーレは、彼女の家の正月風景である。彼女は「今どきにしては珍しく形式ばっている」「古風な過ごし方」といっているが、こうした風景は、一昔前の日本の家庭ではごく一般的だった。それが、核家族化や個人主義的風潮等によってかなり変化してきたとはいえ、おせち料理、神社仏閣への初参り等、新年を祝おうという風習は、いまでも若い人にも継承されているように思う。つまり、お正月の過ごし方も年賀状と同様、日本文化、日本人の生き方と密接に関係しているのである。

ここでB子さんの要望に応えて、わが家の正月風景を紹介すると、実におかしいほど彼女の家と似ている。今は、息子も娘も独立し我々夫婦と離れて家庭を持っているが、子どもの頃の影響だろうか、娘は自分の子どもたちに必ず新年の抱負をしゃべらせている。男の子はしぶしぶと、女の子は得意げに。

A子さん、B子さんはもちろん、孫たちも日本文化の伝統の継承者になってくれるに違いない。

(新聞掲載日 13・1・10 108回)

✣ 優雅な京言葉 ✣

（09年社会人聴講生A子）

「勇気あるお人…」

京都の大学で、授業を聴講するため、東京からきて1ヶ月ほどたった。市内のあちこちで買い物もするようになり、京都の生活にもなじんだかな、と思い始めていた。

そんなある日、四条のDデパートの地下食品売り場に出かけた。地下売り場には東京では見られない食材も多く、あっという間にカゴが一杯になった。私は内心ウキウキしながらレジに向かった。レジは左右に2台ずつ向かい合って4台あったが、客は一列に並んでいた。（そうか、ここは一列ルールなんだ）と思って後ろに並んだ。

ところが、レジの一つが空いたのに、私の前の客は一向に動こうとしない。前からはレジ係が呼んでいる。（では、ここでは、客が好きなレジを選んでいるということなのか）と思った私は、さっさとその人達の後ろを通って、レジ台にカゴを載せた。レジ係も受け取った。その瞬間だった。背後から年配の女性の甲高い声が響いた。

「えらい勇気あるお人でっせ、あんな事なかなかでけしまへんわ。」

（あっ！私のことだ）と気付き、慌ててカゴを抱えて元の列に戻った。よく見たら床に線が描かれてあった。

「やはり、一列で待つのですね？」

と、甲高い声の女性に聞くと、

「そうでっせ！」とつんと睨まれた。

私の早とちりの性分が出てしまったのだが、しかしその日一日、「京都」のクレバスに落ち込んだ気分で過ごした。

東京人だったら、「順番を守ってください！」と直接的に言うだろう。恥ずかしくても、その時「あ、すみません、勘違いしました。」で終る。

「勇気あるお人・・」この言葉は今でも私の心のどこかに小さなトゲとして残り、時々ちくりと痛む。

ほめて見下す〝いけず〟

女が使う京言葉は実に良いが、男が使う京言葉は実にいやだ、という声は多い。

だが、今回のA子さんのカキナーレに登場する女の京言葉は美しくない。

「勇気のあるお人でっせ、あんな事なかなかでけしまへんわ。」

この京言葉は、勘違いというか、早とちりしてレジの順番を破った（?）A子さんの行動に向けて放たれたものだ。そこには、彼女をなじる言葉は何一つなく、むしろこの言葉だけ切り取って聞いたら優雅な京言葉だ。だが、実際は、丁寧な褒め言葉を使って相手を見下すという、慇懃《いんぎん》無礼《ぶれい》な表現になっ

ている。こうした表現をする人間を京都では「いけず」というのだが、彼女はこの時、ズバリ「順番を守ってください！」の一言ですませる東京人との違いを嫌と言うほど見せつけられ、かつ傷つけられたのである。

ではなぜ、普段優雅な、女の京言葉が意地悪な言い方に豹変《ひょうへん》するのか。詩人の茨木のり子さんは、自著の中でこんな話を書いている。

宇治へゆく電車のなかで、中年の女が、連れの若い、うろんな娘を叱りつけていた。辛辣で、つめたくて、聞いているこちらの身がすくんだ。優雅な京言葉は、怒りや憎悪のとき、べらんめえ口調よりこわいものに転化することも知らされた。

（「言の葉 さやげ」1975年刊）

「優雅な京言葉は、怒りや憎悪のとき、べらんめえ口調よりこわい」という。さすが詩人ならではの鋭い指摘だ。

A子さんは、学生時代に果たせなかった京都遊学の夢を社会人になって実現した方である。そんな彼女とって、デパ地下体験は、相当なカルチャーショックだったと思う。

それにしても言葉は怖い。なかんずく、長い歴史や文化が刷り込まれた、女の京言葉は一筋縄ではいかないものがある、ようだ。

（新聞掲載日 13・10・10 126回）

V

社会一般

編

オヤジたちの疲れた姿

（99年高3A子）

「あの酔っぱらい」

私の家のすぐ横に電灯一つの、うす暗い狭い道がある。そこを深夜、歌をうたいながら通る酔っぱらいがいる。

私はその酔っぱらいの歌を聞くのがスキだ。その歌は、所々のフレーズしか聞こえないが、どれも心に響き、深夜の闇が妙に心苦しくなる。酔っぱらいは、だいたい12時30分~1時の間に通るので、12時には自分の部屋に入り、息をひそめて耳を傾け静かに待つ。

ある日の晩のこと。酔っぱらいの歌は、いつもにも増して静かで悲しげだった。歌がとぎれた。

「おかあちゃんに会いたいなあ。」

歌のもんくだったのかも知れない。だけど、はっきりと聞こえた。その時だけは少年の声のようにも聞こえた。小さな弱々しい足音だけが深夜の闇に響いていた。

何日たっただろうか。その後、その歌を聞くことがない。顔も見たことのない酔っぱらい。だが、不思議とその顔が浮かぶ。母親に会えたのだろうか。

「隣のサラリーマン」

（98年高2B子）

学校からの帰りの電車の中。私の席の隣のオヤジはサラリーマンだった。男は不景気の疲れのせいか、眠りこけていた。やばいくらい口を開け、やばいくらい席からズレて、やばいくらい足を開いていた。彼は熟睡していた。

そのうち彼はイビキをかきはじめた。そのイビキはやがて車両中に広がっていった。それはもううるさく、皆の視線が彼へと集中した。むろん、私も横にいるのだからジロッと見てやった。だが、彼は依然と熟睡中。何をやっても何を見ても気にしない。って言うか、気づかない。

ところが、次に停車する車内放送が入った途端、ビクッと目を覚ました。それはまるで池から出されたコイのようだった。彼はあわててヨダレを拭《ふ》き出口の方へ走って行った。

彼は今日も会社で、同僚やリストラなどと戦ってきたのだろうか。

観察眼に優しさ／豊かな想像力を働かせ

暮から今年にかけて、企業による派遣切りが多発している。10年前、まさかこんな社会になると想像した日本人は、どれほどいただろうか。だが、驚いたことに98年・99年のカキナーレの中に、今の時代を先取りした文章がちゃんと載っていた。これらの文章の背景には、バブル経済がはじけ、中高年のリストラや非正規雇用の労働者の増大という世相が重なっている。

いつも同じ時刻にＡ子の家の前を歌いながら通る酔っぱらい。酔っぱらいは出稼ぎ労働者なのだろう。ある日の晩。その男はいつにも増して悲しげに歌いながら通っていく。その時、「おかあちゃんに会いたいなあ。」とつぶやく。一度も見たことのない酔っぱらい。が、なぜか、「不思議とその顔が目に浮かぶ」のである。それからさらに、Ａ子の思いは母と子の関係まで及んでいく。「母親に会えたのだろうか。」ここには相手の心を思いやる優しさがある。

「隣のサラリーマン」の筆者Ｂ子は、電車で、たまたま隣に座った中年のオヤジのだらしない姿を克明に描写する。それは一見批判的に見えるが、最後の一文で、中年サラリーマンの内面に光りをあてている。

２つの文章を読んで改めて気づくのは、女子高生の想像力、時代を読む感性の鋭さと確かさだ。

（新聞掲載日　09年１・23　15回）

✣ 世の中をとらえる目 ✣

「不況」

（99年高３Ａ子）

最近、不況を感じる。経済界とはほど遠い高校生である私ですらそう感じるんだから相当深刻なのだろう。と言って、うちの父親がリストラされたとか、周りの誰かが事業に失敗したとか、そんなんじゃない。ただ、ホームレスの人が増えたなあ……と思うのだ。四条の地下とかには、ビックリする程、ダンボールが増えた。それもアッという間に。

私は毎日駅まで決まった道を通る。その途中で公園を横切るのだが、そこで今年三月頃《ごろ》から一人のホームレスのおじさんを見かけるようになった。S中学高校に通うようになって六年目、それは初めての光景だった。ショックだった。それまで公共の場、子どもの遊ぶ場としか思っていなかった公園にホームレスがいるっていうのが嫌だった。こういう考えはダメなことだけど、正直「ちょっと怖いなあ」って思った。「近寄りたくないなあ」って思った。出来ることなら道をかえてしまいたかったんだけど、その公園を横切らなければ駅に行けない。仕方なく、一日二回、目をそらしながら毎日通っていた。

昨日もいつも通り、私は家に帰ろうと、公園を通り過ぎようと、足早に歩いていた。ところが、その時公園には鳩がいっぱいいいた。

「誰かエサでもやってんのか……」と思って目線を上げると、そこにいたのはホームレスのおじさんだった。正直びっくりした。私の中には、ホームレスというと、食べるものにも困っているという印象がある。その人が、鳩にエサ……、と思うと、なんとも言えない気持ちになった。〝何も怖がることないやん〟と思った。偏見を持っていた自分が情けなくなった。

鳩にエサをあげてんの見ただけで、単純ダナ……って自分でも思う。でも、それ程、私にとっては世の中の不況を感じつつも、〝なんとなくいい感じ〟だったのだ。明日の朝からはあの公園を普通に通れる気がした。

眼前の事実を直感で／不況下にも人間信頼

女子校生というと、ケバイ・礼儀知らず等と言われることもあるが、それは表面的な見方で、A子さんのような世の中をしっかりと自分の目で捉《とら》えている女子校生は多い。

99年というと、バブル経済が弾《はじ》けて経済も下降線をたどり、中高年のリストラが社会問題化していた時期である。が今思えば、それは、今日の大不況の前兆だったということがわかる。このカキナーレは、その状況をホームレスの出現という眼前の事実によって直感的に捉えているところにすごさがある。

消費は美徳と言われた80年代始めに生まれた彼女にとって駅や公共の場である「公園」で段ボールで暮らす人間は、晴天のへきれきだったに違いない。怖い、できたら避けて通りたいと思ったが、通学途上にある公園だからそれもできない。そんなある日、「鳩にエサをやる」ホームレスの姿で彼女の偏見は一変する。こんなささいな事柄で評価を変えてしまう自分を単純と言いつつも、この不況下にあって〝なんとなくいい感じ〟になるのであった。

不況とホームレス。普通は暗くなるような話題を、人間への信頼で結んだ最後の一文は実にさわやかだ。

（新聞掲載日　09年2・6　16回）

✣ 駅や車内で「課外授業」 ✣

「ちょっと惚《ほ》れてしまったこと」

（99年高3年A子）

つい先日、電車を降りた直後にそれは起こった。

私の前を歩いていた女性は白い杖《つえ》を手にしていた。

（あっ、目が見えないんだ）

それ以外は特に何も思わなかった。彼女が階段の近くまで行くと、そのすぐ下に立っていた男性が「手伝います」と、サッと女性の腕に手を回した。

（紳士的……）

彼のすばやくかつさりげない行動に私の胸は熱くなり、頭の中には電気が走った。彼のあの行動は、周りいた眉《まゆ》毛を整えて髪をサラサラとなびかせているどの男性よりもかっこよく見えた。私は彼のたくましい後ろ姿に、ちょっと惚れてしまった。

「おじさん社会」

（99年高3B子）

私はいつも電車に乗ると、「日本ももう高齢化社会やなあ」と思ってしまう。その理由は、車内に私と同じくらいの年齢の人が見あたらないからだ。私の乗る駅ではまだマシなのだが、京都に近づくにつれて私の周りはおじさんで埋め尽くされてしまう。はっきりいってうざい。おじさん独特の臭《にお》い。煙草《たばこ》くささ。じゃまな新聞。朝から気分が悪い。帰りは帰りで、ラッシュの中、やっと座れた席の横には、小さい本片手のサラリーマンのおじさん。私の横に立ってつり革を持っているのもやっぱりおじさん。

「はあ。」

出るのはいつもため息ばかり。

「高齢化ってゆうか、おじさん化やわ……。」

こんな私の電車での楽しみは、若いお兄ちゃんがいた時か、寝ている時。

はあ。ゆっくりと電車に乗りたいなあ。


異年齢の人間観察／惚れたり、うんざりしたり

普段、同年齢の仲間としかほとんどつき合いのない女子高生にとって、学校の行き帰りは、異年齢の人間と出会う貴重な「場」である。そこでの体験は「今」という時代や人間を観察できる、いわば課外の学習現場といってよい。

例えば、駅構内で盲人の女性をさりげなくエスコートする男性に胸を熱くするA子さんの場合。彼女は人間の価値は外見より内面にあることを、観念でなく現実として体得している。また、その思いを優等生的なことばでなく「ちょっと惚れてしまった」というような感覚表現にしている点が特徴だ。

一方、おじさんばっかりの通学電車にうんざりするB子さん。その眼前の現実だけを根拠に「日本ももう高齢化社会やなあ」と突っこむ発想には飛躍を感じるが、それがかえって読者にインパクトを与えていて面白い。

また「はっきりいってうざい。おじさん独特の臭い。煙草くささ。じゃまな新聞。朝から気分が悪い。」の表現には女子高生独特の皮膚感覚が見られる。

そして、「こんな私の電車での楽しみは、若いお兄ちゃんがいた時か、寝ている時。／はあ。ゆっくりと電車に乗りたいなあ。」と最後を結んでいるが、ここには彼女のいう「高齢化」とは、実は「若い男不足」だったのだ、というホンネがポンと示される。

真面目な事柄をパロディ化してしまう女子高生のしたたかさ。腹が立つけど面白い。

（新聞掲載日　09年3・6　18回）

夜10時半 塾帰りの少年

（99年高3A子）

「ハイスピード」

さわやかな朝、7時30分の電車。私の目の前に座っていた50代のおっちゃんが寝言で「しまった……」とつぶやいた。中高年の自殺率大幅アップの夏。

その日の晩、10時30分の電車。塾帰りの小学生が、コンビニで買ったとおぼしきウナ丼をつかんで乗ってきた。その子は片手でカバーをはずし（もう片方はカバンがあるからね）お箸《はし》を割り、うなぎのタレの所で止まった。（そりゃ片手じゃ開けられないよ）

迷ったその子は、友達もいたんだけれど、ウナ丼パックを床に置いて両手で封を切ってあけた。（ほこり入るよ）

そうして、やっと完成したウナ丼を立ったまままかぶりついた。前に座っていた40代のおばちゃんが、見かねてその子に席を譲ってあげた。その子は〃ありがとう〃のジェスチャーをして、居心地わるそーに席にすわり、すごいはやさでごはんを呑《の》みこんだ。

その時、電車が地下から地上に出た。その瞬間、その子は急に食べるのをやめた。それから、窓の外の闇を見た。ただ見ていた。黒い目がイグアナみたいだった。一分間ぐらいそうしていただろうか。またその子はうなぎに取りかかった。食べきると、その子はさっきのおばちゃんに席を返し、今度は友達の方へ歩き出した。
晩十時半の夕食か。私はその子の家の灯を思ってなぜか悲しくなった。

闇見る姿に悲しみ感じ／秘められた孤独 鋭く観察

既にご承知のように、経済力世界第2位の日本で、毎年3万人以上の自殺者が11年連続で続いている。一方、ここ数年の間に関西の大手私学・関関同立に小学校が作られ、受験戦争の低年齢化に拍車がかかっている。

A子さんのカキナーレには10年前に早くもそうした状況が写し出されている。前者の問題は、朝の車内のおっちゃんの「しまった…」という寝言と「中高年の自殺率大幅アップの夏。」という現実的かつ簡潔なフレーズの組み合わせで描出され、後者の問題では、塾帰りの少年（小学生）が晩の車内でコンビニのうな丼を食べる様子で捉えられる。特に後者は、受験戦争の実態を少年の内側から描写しているので説得力もより強い。

パン食と違って食べるまでに色々面倒な手続きを要するうな丼弁当。しかも、それをカバンを持ったまま片手に食べるのだから大変である。彼女は心の中で少年のそんな動作の一つひとつに〈突っ込み〉をいれながらも温かく観察するのである。

だが、電車が地下から地上に出てからの少年の描写は一変する。一瞬食べるのをやめ、外の闇をじっと見つめる少年。そして、そのイグアナみたいな黒い瞳の奥底に秘められた少年の孤独。しかし、同時にその孤独は日本の子供達全体のものであることを訴えている。

一般に、世の中に対して無関心で自己中心的と思われている若者たち。だが、実際はこうした社会の現実に鋭い眼差しを向けている者は多いのである。むしろ、問題は、こうした現実を「自己責任」やら「必要悪」として放置し容認している大人達ではないのかという思いのする昨今である。


（新聞掲載日　09年3・20　19回）

✣ なつかしがられる人 ✣

「母さんの匂い？」①

（08年　社会人学生A子）


平日真昼、近鉄線各駅停車の電車の中。

私はのんび～りと電車に揺られていた。車両には2，3人しかいなかった……。

ある駅から真新しい制服に身を包んだ男の子が乗ってきた。背丈から判断して、中学一年生であることには間違いはない。ついこの前まで小学生であったであろう男の子の顔には、まだあどけなさが残っている。かわいいな～などと思っていたのもつかの間、男の子は、私にぴったりと体をよせつけ横に座った。

な、な、なんで？

隣の男の子を見ると、ニコッとした。

う～む……なにも言えない。

大久保の駅に着くと男の子は席を立ち、電車を降りるときにまたニッコリとして消えていった。

なんだったんだろう。母さんの匂いでもしたのかな……。

「母さんの匂い？」②

学校帰りの市営地下鉄、結構込んでいる車内で、私の隣の席が空いた。そこに座ったのは、制服姿の小学校、低学年くらいの女の子。かわいい。かわいいぞ、小学生。

ランドセルを下に置いた女の子は、席に座ると、何の躊躇《ちゅうちょ》もなく私の体を背もたれにするようにすがってきた。小学生の女の子とはいえ、背もたれ代わりにされると、結構体重がかかり、重いものだ。

でも、独特の子供の匂い……それも赤ちゃんのそれに近い匂いは、なんともいえない癒しの効果がある。女の子は私に身をゆだねて竹田まで考え事をしているようだった。

なぜ、なぜだろう……やっぱり、母さんの匂いでもしたかな？

子どもたちが寄ってくる／好意のオーラ敏感に感じ

　この二つのカキナーレを読み終えて、これこそ「なつかしがられる人」ではないかと思った。「なつかしい」の原義は「相手の魅力に引かれ、寄り添っていたいという気持ち」の意だ。確かに、男の子、女の子のとった行動は、A子さんならずとも驚くが、彼らは子供の勘（本能的？）によって瞬時に彼女から「なつかしさ」を感じ取ったのだと思う。

　子供たちにそんな気持ちを起こさせたものとは。それは、「まだあどけなさが残っている。かわいいな～」「かわいい。かわいいぞ、小学生」という箇所から推察できるように、彼女のまなざしや反応が、彼らとの出会いの初めから好意的だったことだ。

　一方、彼らも、理屈抜きに自分を包み込んでくれる彼女にオーラを敏感に感じ取り反応したのだ。そんな彼らの反応の要因を「母さんの匂いでもしたのかな……。」と彼女は推察しているが、これこそ「母さんの匂い」なのである。もうお分かりのようにA子さんは社会人入試で入学した大学院生である。10余年にわたるOL生活で培われた人間力。それに裏づけられた対応はさすがである。こんな大人がもっと増えれば子供はもちろん、ぎすぎすしたこの世も住みやすくなるだろう。

（新聞掲載日　09年4・2　20回）

✣ 就活 ✣

「資格」

最近は、非正規社員の解雇、大卒者の内定取り消しなどのニュースでいっぱいだ。こういった状況だからか、何か資格をとっておけば「就活の時に有利になるだろう」、「リストラや解雇を逃れるだろう」と考える学生や会社員が、昨年に比べ今年は2割ほど増加したとのことだ。現に、最近僕も日商簿記2級の資格を取得した。もちろん簿記以外にも英語のＴＯＥＩＣやパソコンのマイクロ・オフィス・スペシャリストといった定番の資格もあるが、今の僕にはまだほど遠い。

世の中には実にたくさんの仕事があるが、どういった会社に入れるのか分からない。入れたとしても正社員になれるかも分からない。何より就職できないかもしれない、というのが、一番の不安だ。

（08年大2A君）

「来年のわたし」

今日遊んだ帰りの混み合った夜の電車でスーツの女子大生が／ドアに頭を前かがみにもたれて／びくともしなかった

泣いているようにも／寝ているようにもお酒に酔って気持ち悪いようにも／見えた／でも／駅

（08年大2B子）

について　ふらふらと乗り換えのために／降りる彼女の／黒い鞄からはみ出た資料を見てわかった
就活だ…
きっと就活でショックなことがあったんだろう／来年私もああなるんだろうか

熱意持ってがんばれ！／不安募らせる「氷河期」の学生

昨年の今ごろは引く手あまただった就活だが、米国最大手証券会社の倒産で今年は一気に氷河期に入った。

昨年の秋。A君は大学2回生。まだ就活には早いのだが、授業が始まると、「資格」というカキナーレを書いた。彼は密《ひそ》かに簿記2級資格を取得して就活に備えていたのである。「資格」こそ就活の切り札と考えていたからだが、簿記2級だけでは不安である。それに、現実の就活に直面していないだけに不安だけが先行していく。

「来年のわたし」のB子さんもまた2回生だ。遊びの帰り、夜の電車で女子大生を目撃する。彼女が会社訪問の帰りであることを知る。そして「就活でショックなことがあったんだろう」と、彼女の姿に来年のわが身を重ねるのである。

マスコミ情報によって不安を募らせるA君。就活で疲労困憊《こんぱい》した女子大生の姿に不安を感じたB子さん。観念的か具体的かの違いはあるが、どちらも最近の不況下の若者の姿を象徴している。

だが、少々気になるのはA君だ。彼の場合、とても自己肯定力が弱いことだ。完全な人間などどこにもいないのだから、まずは自分を受け入れること。その上で、「俺はこんな人間だが、一生懸命働きたい。」という「熱意」をもって就活に臨むことだ。確かに「資格」は大事であるが、それ以前に仕事への「意欲」を高めていくことが必要だ。それがあって初めて「資格」も生きてくる。このことに気づきさえすれば、彼の就活も一気に前進するだろう。

だが、「資格」に頼ろうとする風潮はA君だけでないようだ。今の時代、マニュアル通りにしか行動できず、自己肯定できない若者が増えている。これは、若者の失敗を許さない社会にも原因があるが、その壁を突破するのも「若さ」なのだ。若者よ、がんばれ！

（新聞掲載日　09年6・25　25回）

「どーんといこうや」

「日航機墜落事故」

（01年高1A子）

ちょうど私が生まれた年、一機の飛行機が墜落した。生存者わずか四人。

この間テレビで日航機墜落事故の特集をしていて、事件当時のボイスレコーダーを聞いた。

「早く機体を元に戻せっ！」

「無線が管制塔と通じません。」

「大丈夫だ、落ち着け。最後まであきらめるな！」

そこにはコックピットでの危機迫るやりとりが記録されていた。

「もしもし、聞こえますか！？応答して下さい。どーぞ。」

通じない無線に必死に助けを求める。次々と鳴る警報機。

「最後まであきらめるなっ、頑張れ！」

何度も繰り返される言葉。しかし、そんな中でささやくような声が聞こえた。

「これは……もうだめかもわからんな」

胸が痛んだ。この人はこの瞬間何を思い浮かべたのだろう。家族の顔だろうか。

「山にぶつかるっ、頭（機首）を下げろ！」

「下げてます、いっぱいです。山にぶつかります。」

「──……どーんといこうや……」

機長の言葉「どーんといこうや」、機長はどんな想《おも》いでどんな表情で言ったのか。つらかったろうに。二人の部下を最後まで励まし続けていた。

「どーんといこうや。」

数秒後、激しい爆音と共にテープは切れる。コックピットに生存者はいなかった。投げ出される彼らの映像が私の頭に浮かんだ。思わず泣いてしまった。涙が止まらなかった。お父さんを亡くしたような気分になった。

「どーんといこうや。」が、いつまでも胸に響いていた。

胸に響いた最期の声／父親を亡くした気持ちに

列車や飛行機をめぐる事故のニュースは、身近なものだけに思わず誰しも聞き入ってしまう。中でも24年前の1985年8月12日に起きた日航機墜落事故ほど世間の注目を浴びたものはない。乗員乗客524人中、520人の死亡というのは、航空機事故としても世界最大だった。さらに、事故15年後、墜落寸前のコクピット内の様子を録音したボイスレコーダーが公開されたことで、関係者はもちろん多くの人々に衝撃を与えた。

日航事故の年に生まれたA子さんもその一人だった。彼女は、TVの特集番組でそのボイスレコーダーを聞いた。今回のカキナーレには、機長たちの、鬼気迫るやりとりから最後の「どーんといこうや」までの緊迫した機内の様子が手に取るように描写されている。

最初、部下を励まし最後の最後まで帰還の望みをかけた機長。だが、その望みも絶たれた直後につぶやく「これは……もうだめかもわからんな」の「弱気」なことば。そして衝突寸前の言葉「どーんといこうや」までの一連の流れは、まさに壮烈な人間ドラマである。彼女はそんなドラマと一体化し涙する。だが同時に、「お父さんを亡くしたような気分」にもなるのである。なぜ、そんな気分になったのか。それは、仕事人として毅然と対処する機長の顔の中に、もう一つの「素」の顔、家族のことを心配する父親の顔を発見したからだ。

「どーんといこうや。」

この言葉は、最後まで死力をつくして生と戦った人間の言葉として彼女の胸にいつまでも刻まれていくことだろう。

「平凡な日常の中の小さなできごとに目を向けて感動できる」とは、A子さんのモットーである。墜落という大事故ではあるが、15年後のドキュメンタリー番組を見ただけで、これほどまでに人間を洞察し、さらにそれを己の問題としてとらえた、彼女の柔軟な思考力には驚くほかない。

（新聞掲載日　09年10・22　32回）

✣ 万引きの現場 ✣

「しないで!!」

（04年高3年A子）

見てしまったー
見たくない光景を見てしまった。
友達とソニプラに行った時のことだ。お菓子売り場に行こうとした私は、若い女の人がお菓子をカバンに入れている姿を目撃した。いわゆる万引きだ。私はまるで犯人を尾行する刑事のようにその女の人の後をつけた。もしかしたら商品を戻すかもしれへん、というあり得ないような願いを抱きながら。しかしそんな私を無視するように彼女は店を出て行った。

私は声すらかけられなかった。いや、かける勇気がなかった。一緒にいた友達にも言う事が出来なかった。私はお菓子売場の前に行き、お菓子を手にとって考えた。

〝お姉さんは何でとったんやろう？　たった500円のお菓子、買えばいいのに……〟

いろんな疑問がわく中、急に自分が恥ずかしくなった。私はお姉さんが万引きするのを見てた。でも声をかけられなかった。それは万引きを許してたことになる。何で声かけへんかったんやろ。アカンなぁ、私って。

その夜、ずっとその事について考えた。誰かに言いたかったが、「何で声かけへんの？」って言われそうで言えなかったのだ。そう言われて何も言えへん自分が想像できる。下を向いて無言の自分の姿が……。

私は考えた。今度そんな光景を見たら果たして注意できるだろうか、と。せめて店の人に言うことぐらいはしようと。そして最後に世の万引き常習者に言いたい。

万引きはれっきとした犯罪だよ!!

見たのに言えない

ますます効率優先の日本社会。スーパーのようなセルフサービスの店では万引きはごく日常的な現象になっていると聞く。それに比例して万引きへの罪悪感は薄くなっている。

今回のA子さんのカキナーレは、たまたま万引きの現場を目撃してしまった衝撃、それに何の対処もできなかったことへの悔いがつづられたものである。

このカキナーレを読まれた読者の方々が、こんな場面に遭遇したら、一体どう対応されるだろうか。万引きはれっきとした犯罪であることは分かっている。しかし、もし下手にかかわったらどんな事件に巻き込まれるかわからない。そう思うと、大方が見て見ぬふりをしたくなるのが一般心理ではなかろうか。

そんな中、A子さんは、自分が責任を負ったように悩み傷つく。例えば次のように。

〝誰かに言いたかったが、「何で声かけへんの?」って言われそうで言えなかったのだ。そう言われて何も言えへん自分が想像できる。下を向いて無言の自分の姿が……〟

本来責められなければならないのは、万引きをした人間であり、そうした行為を誘発するような販売方法をしている店側なのに…。

先日、新聞で彼女と同じ様な体験をつづった投書を読んだ。18歳の男子高生は、文房具売り場で50代のスーツ姿の男性がホッチキスを万引きしたのを目撃する。だが、彼は、ためらった末、注意もできず店員にも言えなかった。その時の思いを次のように書いている。

〝もし私が万引きを知らせたら、男性の人生はどうなるか。仕事は続けられるのか。家族は。私は男性の人生を壊してしまう気がして怖くなった〟

自身の無力を悔いる男女の高校生だが、何よりも眼前の事態から逃げだすことなく真正面から向き合い悩んでいるのがすばらしい。

そこにこそ、若者のひたむきさと可能性があるからだ。

僕も最後に万引き常習者に言いたい。

万引きはれっきとした犯罪だよ!!

（新聞掲載日　10年12・16　59回）

✣ 老人たちと向き合う ✣

「介護体験1」（前髪のはなし）

（10年大4年A子）

デイサービスセンターで介護等体験をした。コミュニケーション力を高めることと多様な人間理解を目標として、体験するように、事前指導でいわれた。（略）

人と真剣に話すのは楽しい。自分と真剣に向き合おうとしてくれるのは、うれしい。

体験中、わたしは前髪をあげろと、何人もの利用者さんに言われた。私の前髪は、すだれみたいになっていて、それを真ん中でわけ、かろうじて顔がみえるようにしていた。中には、前髪をかきあげてくれる人もいた。これは、衛生面の問題で、お互いの肩より上を触れ合うのは望ましくない。つまり、利用者さんたちは、わたしの顔や目をみて、真剣に話そうとしてくれていたのだ。

一週間の体験を終えて、すぐに美容院で前髪を整えた。人の顔や目をみて話すのはコミュニケーションの基本なのに、そんな事も忘れていた自分に気付いたからだ。

私の人間嫌いもなおるかもしれない。

「介護体験2」（少し複雑なはなし）

（「介護体験1」と同じ作者）

デイサービスで何より楽しみだったのは、利用者さんの昔話だった。戦争で生き残った話や、玉音放送のとき洗濯物をしていた話や、修学旅行で満州や韓国にいった話や、台湾での日本語教育の話など、本当に勉強になった。一人一人の人生の重みを感じて、利用者さんへの尊敬がわきあがった。

だが、そんな尊敬すべき利用者さんたちは、レクリエーションの時間になると、風船バレーや折り紙やカルタとか、幼稚園でやるようなスケジュールになっている。楽しんでいる方もいるが、抵抗を感じて参加しない方もいる。私は、なんとなく人間の尊厳といったものへの考え方の違いに、困惑し、危うさも感じ、複雑な思いになった。（略）「福祉」の考えに基づき、みんなで楽しんでいくというコミュニケーションと、個人の人生の重みを感じながらのコミュニケーションには、隔たりを感じる。多様な人間観の中で人間関係を構築するのは、ひどく複雑だ。

福祉、尊厳、思いは複雑

教職の授業時間、「来週1週間介護体験に行きますので授業を欠席します。」と、中学校教師を目指しているA子さんが言ってきた。少々浮かない様子だ。聞いてみると、看護体験を終えた先輩に「死ぬほどしんどかった」とか「居場所が全くなく苦痛だった」とおどされたと言う。

現在、小中学校の教員になる者には、社会福祉施設での介護体験が義務づけられている。その目的は、高齢者・身障者等の社会的弱者の介護を通して「コミュニケーション力」や「人間理解」の向上を図るということだ。

介護体験を終えた彼女のカキナーレを読んでホットすると同時に被介護者である老人達の教育力のすごさに驚いた。

そのすごさとは、前者のカキナーレでは、彼女の顔や目をみて真剣に話すことによって長い前髪が介護に不適であること。また後者では、自身の昔話をすることによって人生の重さに気づかせている点である。

結果、彼女は、コミュニケーションには、みんなで楽しむものと個別の人生の重みを感じながらのものとがあることを知る。とりわけ、後者のコミュニケーションは人間の尊厳と直結するものであるのに、施設側が老人達に幼稚な遊戯を一律に押しつけていることの矛盾に気づくのである。

老人達の教育力。そして多様な価値観を持った老人達と真剣に向き合った彼女の姿勢。

若者と老人との交流がほとんどなくなった昨今、より多くの若者達が彼女のような介護体験を持つ機会があってほしいものだ。

（新聞掲載日　11年3・31　66回）

✣ 原発問題 ✣

「原発」

（11年大2年A君）

俺のおじさんは長年の経験や思考から「問題なのは災害に対する対策」と言っていた。

俺の音楽の先生は「核の在り方を見直す必要がある」とGODZILLAと言う曲を通して言っている。

ある人は「安全」と言う。／ある人は「危険」と言う。／ある人は「必要」と言う。／ある人は「今すぐなくすべき」と言う。

何でこれほど意見が違うのか。何でそのような事を言うのか。どれほど実態を捉えているのか。今何が出来るのか等々。そのわけを詳しく知りたい。

（11年大学1回生女子B子）

「節電」

朝、駅に到着する。ちょっといつもと雰囲気が違う。改札の付近が薄暗くってなんとなく寂しい。あ〜節電か。自動販売機も販売はしているけど、照明は消されていて不思議な感じ。電気がいっぱいついているときは全く気付かないのだけれど、いざ、そのうちの一部が消されてみると、どんなに私たちが電気に囲まれた生活をしていたかがわかる。

乗り換える駅に到着した。ここでも節電。薄暗くってちょっと元気がなさそうな駅。そこにみんなが願いをこめて書いた短冊の七夕飾りが天の川のようにレイアウトされていた。暗い駅がいっきに夜の星空に変わった。

（11年大3年C子）

「一番の節電方法」

最近、どこに行っても「節電」という言葉を聞く。一日に一度は聞かされて、もう耳にタコ状態だ。クーラーの設定温度を28度にしたらどれだけ節電できるだの、節電のためにあらゆる施設で空調や電気を控えてるだの……。テレビでは毎日電力の話をしている。

しかし、一つだけ聞いたことがないフレーズがある。それは「テレビを消したらどれだけ節電できるか」だ。そんなに節電したいなら、テレビを消したら良いのではないか、と思う今日この頃。

「平和利用」の虚偽性

3・11以降の日本人の意識や生活は、それまでとは変わらざるを得ないだろう。つまり、これまでの浪費生活から節約生活へ、経済中心から命中心への価値の転換である。その要因となったのは、言うまでもなく、あの未曾有の東日本大震災、とりわけ未だ収拾の目途がたっていない福島第一原発事故だ。

4月から始まったO大学の講義では、原発問題を避けては通れず、学生たちともよく話し合った。授業当初は、遠隔地での災害ということで人事のようだった教室の空気も続々と発信される放射能情報に次第にわが事として考える学生が増えてきた。そのきっかけとなった要因はいくつかあるが、中でも「原子力の平和利用」という文言の虚偽性に気づいたことが大きかった。つまり、原子爆弾と同質の意味を持つ原子力に「平和」という言葉を付加した文言に自分達は欺されてきたということに気づいたのである。原発の危険性は、チェルノブイリの事故以来、広く知られていた。にもかかわらず容認されてきたのは、この「平和利用」という文言だったのである。

だが、A君のカキナーレにもあるように、こんな事態になってもなお原発維持者は根強く存在している。とは言え、これまでの「原発神話」が崩壊した以上、彼のように原発を自身の問題として考える学生が多く出てきて当然だ。B子さんのように、節電中の駅に降り立った時にも「短冊の七夕飾りが天の川のようにレイアウトされ～暗い駅がいっきに夜の星空に変わった」と、原発依存の生活に気づく者も出てきた。最後のC子さんの場合は、節電を呼びかけるテレビ放送を皮肉っているが、その根底にあるのは、真実は自身の手でもって突き止めたいという強い願望である。

経済から命に転換する彼らの意識や行動こそ、新しい日本を誕生させる原動力になるだろう。僕もそんな彼らの力になりたいと思う。

（新聞掲載日　11年9・1　76回）

✣ 原発事故の責任 ✣

「放射線～ゴジラは予見していた～」

（11年大2年A君）

2011年3月11日、東日本大震災が発生した。その時、津波によって福島第一原発がメルトダウンを起こし、大量の放射性物質が溢れた。9ヶ月以上も経った今でもその収束はついていない。だが、他人事のように

「……ゴジラって水爆の実験の結果誕生したんだよ。それでさ、確か『ゴジラVSデストロイア』っていう特撮映画だったと思うんだけど、その中で原子力発電所をゴジラが襲うんだよね。90年代の作品だよ。20年以上前から原子力の危険を暗に警告していたのに、ずっと気にもしてなかった日本人が、被害が起きてからギャーギャー騒ぐって、本当にバカだよね。アハハハハ」と話す大人がいた。

実際本当に困るのは今の大人じゃなくて、これから社会を背負う若者だよ。もっと困るのはこれから生まれる子供だ。それなのにどうして評論家みたいに言うのだろう。どうして、未来のこと、これから日本を背負っていく人間のことを考えられないんだろう。

こんな日本の今年の漢字は「絆」だそうだ。悪い冗談だ。結局みんな自分本位なんだよね〜。

（11年大3B子）

「3・11以後のわたし」

原子力発電所への恐怖感が一層深まった。私は山口県出身である。上関で原発建設が計画されていたが、今回の大震災で1年中止された。1年って…（笑）。1年で原発対策ができるの？　また大きな震災がどこかで起きたら？　テレビのCMでは安全性を訴えていたけれど、どこがクリーンなの？　その嘘に怒りを通り越して笑いさえ出てくる。今からまた建設してさらに危険性を増やすのか。被爆して自分だけで終わるのならいい。自分の子供、孫…子孫にも影響を及ぼす放射能。これ以上日本列島に爆弾を設置しないで！　そのためなら節電だってみんな協力する。

自己本位な批評への怒り

ゴジラ。これは、54年のビキニ島の米国の核実験で被爆した第五福竜丸事件をきっかけに生まれた怪獣だ。いわば、「核の落とし子」「人間の生みだした恐怖の象徴」なのである。今回のカキナーレ中の映画も、自身の体内原子炉を暴走させたゴジラが、伊方原発に接近するが、防衛軍によって間一髪ゴジラ上陸は阻止され、核爆発が回避されるというものだ。恐らく当時の日本人の多くは、一連のゴジラ映画を空想科学映画としてしか受けとめていなかったに違いない。

だが、福島第一原発事故後、原発こそゴジラだったことを知らされた。そして今なおメルトダウンした原発を収束できずにいる。そんな事態に、日本人の多くは「いのち」を優先する社会、脱原発を模索し始めた。

しかし、実際は、政・官・財、それに原発推進学者達が一体となった、いわゆる「原子力ムラ」の動きは止まらない。その姿は、一人高見に立って、日本人一般を「被害が起きてからギャーギャー騒ぐって、本当にバカだよね」と批評する「自己本位」な連中のそれと、どこか重なる。彼らに共通するのは、これからの社会の担い手である若者達への責任が欠落していることだ。だからこそ、A君には「絆」の言葉が「悪い冗談」にしか聞こえない、のである。今年6月8日、日本の首相は、「国民生活を守るため」と宣言し、大飯原発の再稼働を表明した。その中に「国民のいのちを守る」の文言はなかった。

一方、地元に原発計画があるB子さんの恐怖・怒りは、現実的であるが故に激しい。また今度大きな震災が起きたら一体誰が責任をとるのか。自分の子供、孫…子孫にも影響を及ぼす放射能の危険をもつ原発を建設するぐらいなら率先して節電に協力する、とまで言いきっている。今度の大飯原発再稼働のニュース、どんな思いで聞いただろうか。

（新聞掲載日　12年6・28　96回）

✣ 戦争の本質 ✣

「連綿の中の孤独」

（11年大4年　A君）

祖父の部屋には、曽祖父の写真が一枚だけ飾ってある。曽祖父は私の家系の中でただ一人、第2次世界大戦で命を落とした人である。そんな曽祖父の写真を見ると連綿と続く私の家系と歴史の流れを感じずにはいられない。

（略）私は、毎年のように放映される夏の戦争ドラマや戦争映画が好きではない。それらの作品のテーマ「戦争の中の美談」「戦友との絆」「引き裂かれる家族愛」、あるいは「国家への忠誠」といったものは、表向きは戦争の哀《かな》しさ、悲惨さを訴えるが、その一方で「大切な人のためなら死ねる」「大切な人のためなら人を殺せる」といった、倫理的に考えればとても微妙な思想を、現代の人々に植え付けてしまうように思えるからである。果たして戦争の本質とはそんなものなのだろうか。

人間が人間として扱われない状況。平時においては、傷つけただけで罪に問われる命が、大安売りで消費されていく状況。私が捉える戦争の本質とは、そのようなものである。

戦果を上げた優秀な兵士が、次の瞬間に味方の放った流れ弾にあたって、命を落とす。爆発で腹の裂けた人間が、臓物をさらしながら悶え苦しむ。戦争で行われているのはこういった行為である。映画やドラマのような死の美しさや、あるいは家族愛が、平和な現代で語られる戦争物語の中心であってはいけない。まして、わかりやすい映像作品などをもってして、「大切な人のためなら死ねる」などという感想を与えてしまうことは、とても危険なことだ。

歴史を語ることは、後世への教育という点で、未来を創ることと同義である。

戦争を語るときにしなければならないのは、数え切れない命の犠牲の上に、現在の我々が存在していること。目をそらさず戦争の本質を語ること。この2点である。

家系の中でただ一人、戦争でいのちを落とした曽祖父の写真を眺めていると、私はいつも思い描いてしまうのだ。遠く離れた満州の土の上で、血を流して死んでいった曽祖父のことを。たった一人、歴史の闇の中に埋もれていった、曽祖父の孤独を。

歴史の闇に埋もれる孤独

若者が保守化しているという。確かに、次のような女子学生の、戦争映画を観た感想などはそれを裏づけている。

「今もしここで戦争が起きたら、今の若者は戦場に行くと思う。隣にいる人を守るために。国民皆のためでなく、よく見知った人を守ろうと思うのだろう。そして気づかないうちに、顔も知らない未来の人間も守るのだ。」

それに対し、今回のカキナーレのA君は、彼女とは真逆、その戦争映画の本質を喝破《かっぱ》し、かつ戦争の本質を具体的に描写している。

戦争の本質とは何か、という大命題。彼はまず昨今の戦争映画のテーマが「死の美しさ」「家族愛」で貫かれていることに危険を感じとる。なぜなら、それは、鑑賞者に「大切な人のためなら死ねる（あるいは「殺せる」）といった思想を植え付けるからだ。その上で戦争とはそうした観念的に美化されたものではなく、「優秀な兵士が、…流れ弾にあたって、命を落とす。爆発で腹の裂けた人間が、臓物をさらしながら悶え苦しむ」といった行為であることを提示する。そして、何よりも彼の戦争観を決定しているのが、家系の中での唯一の戦死者である曾祖父（写真）であることが重要だ。「曽祖父の写真を眺めていると、私はいつも思い描いてしまうのだ。遠く離れた満州の土の上で、血を流して死んでいった曽祖父のことを。たった一人、歴史の闇の中に埋もれていった、曽祖父の孤独を。」

これほど論理的かつ具体的に戦争の本質を捉えた、若者の文章にお目にかかることは少ない。こんな若者もいることを忘れてはなるまい。

（新聞掲載日　11・8・11　75回）

✣ 児童虐待 ✣

「最近」　（02年高1A子）

最近、日本はおかしい。毎日のように耳にする殺人事件のニュース。おかしい。ごはんを独りで食べる子供。しかも、コンビニで買ったもの。自分の子供を凶器で殺す親も。

おかしい。おかしい。

おかしい。おかしい。

なんでやろ？

なんでやろ？

なんでやろ？

「頑張れ!! どろ沼家族」

（04年高2・B子）

幼稚園の先生になりたいと考えてからどこに行っても小さい子に目がいく。今日もお母さんとスーパーに行った時、発見してしまった。

「チョット、お父さん！　この子トイレに行きたいって。」

そう母親が言った。

「知るかっ！　そんな事オレに言うなっ！」

そう父親がかえした。

母親は子供を物同然に扱い服のフードをひっぱりトイレにつれて行った。残された子供2人と父親は平然とその様子を見ていた。すると2人のうちの1人の子供がトイレに行こうとした。父親は

「おい!!『このカゴをはなれますけど見ててもらえますか』って言わんかいっ!!　わかってんのかコラッ！」と子供をどなった。

子供は泣きたいのを我慢しているため、頬をかんでいるように見えた。子供は父親に言われた通り「トイレに行きたいのでカゴを持っていて下さい。」と言ってトイレに行った。

家族やで。スーパーやで。子供はまだまだ小さいんやで。もうちょっと仲良く楽しくできんのかいっ。この子らが大人になって、親になり子供を持った時スーパーで同じ事が繰り返されんの

かと思ったら恐い気持ちと悲しくて情けない気持ちがドロドロと私の心を流れたよ。

やり切れなさと願いと

児童虐待《ぎゃくたい》がますます増加している。つい最近のニュースでも、4才の女の子に十分な食事も与えず衰弱死させた両親が保護責任者遺棄《いき》罪で起訴されたというのがあった。児童虐待は、アダルトチルドレンという言葉が流行語になった90年代以降年々増加の傾向をたどり、今年の児童虐待の相談件数は、99年の6倍になった。今回のカキナーレは、そんな児童虐待状況から目をそらすことなく真正面から捉えた女子高生のものである。

「最近」(02年)は、新聞・テレビなどを通して伝えられるニュースから、最近の日本が異常であることに気づいたA子さんが、そんな現実に疑問を投げかけたものである。「おかしい」「なんでやろ」の繰り返しからは、彼女の憤り・いら立ちの深さが伝わってくる。

「頑張れ!! どろ沼家族」(04年)では、スーパーで遭遇した、生々しい児童虐待が描かれる。それは目を覆いたくなるような光景だった。「子供を物同然に扱う」母親と「子供を動物を調教《ちょうきょう》するようにしつける」父親。そんな両親に従順に従う子供。そこには血の通い合った家族としての情愛は全くなかった。幼稚園の先生を志望しているB子さんにとっては衝撃だったに違いない。

そんな気持ちが爆発したのが、最後の段落である。「〜やで」「〜かいっ」「〜流れたよ」と、あえて文末をくだけた表現にしている所に、子供を虐待する親への怒りや、そんな現実へのやり切れなさが見られる。
が、その一方、題名の「頑張れ!!」からは、そんな両親であっても、この子らが大人になって、また同じ事が繰り返すことがないよう「頑張ってほしい」という、彼女の願い、優しさが読み取れる。

＊「アダルトチルドレン」とは、親からの虐待を受けたため成人しても正当な社会生活をもてない人々。

（新聞掲載日　12年12・6　107回）

✣「にっぽん」と「にほん」✣

「ガンバレ、ニッポン」

（03年高3A子さん）

今、ワールドカップで日本が燃えている。一昔前までは大人にも子供にも大人気だったJリーグも今では静かにやっているのに、〝ワールドカップ〟〝日本代表〟となると決まってお祭り騒ぎである。と言う私も「小野選手の笑顔がかっこいい!!」等と便乗《びんじょう》して騒いでいたりする。

ニッポン／ナショナリズム／ミンナ、ヒトツ／ガンバレ／口をそろえる。

これってナショナリズム？　民族主義？　愛国心？

「ニッポン」形だけのナショナリズム。都合が良い。でもいいじゃないか。形だけでも。ゼロよりまし、そう考えればいい。

悲しい国だなあとは思うけども。


（03年高3B子）

「この国が好き」

私はこの国が好き。

正確にはこの国を支えてきた名も無き人々が好き。／戦後の何もない焼け野原でふんばってこの国を復興させた人たちが好き。／他の国に追いついて見せると歯を食いしばってきた経済の先人達が好き。／私に笑いかけた希望や未来ある小さな子や不況の中、今日もがんばってる人たち全てが何だか愛《いと》しい。

悪いことばかり。この国はもう駄目《だめ》。そう嘆くことは簡単だけど、前を向いてどんなに辛《つら》くても歩いていくほうがよっぽど難しい。

たとえ、どんなに闇が続いて歩いて行く先が見えなくても明けない夜はないと信じて1歩でも2歩でも早く夜が明ける様歩いて行く。私は　そんな人として生きていきたい。

すがすがしい「愛国心」

昨今、「日本」を「にほん」でなく、「にっぽん」と読ませる風潮が蔓延《まんえん》している。とりわけ、政界では目白押しだ。今回政権に復帰した安部首相の「日本《にっぽん》を取り戻す」等もその一つ。どうも僕のような戦後教育を受けた者には、必要以上に「にっぽん」が強調されると心穏やかならぬ心境になる。そんなモヤモヤした気分を払拭《ふっしょく》してくれたのは、今年1月5日の毎日新聞のコラム「余録」だった。その中で心に響いたのは次の箇所だ。

戦前戦中は大日本《だいにっぽん》帝国に象徴されるように「にっぽん」が圧倒的だったが戦争が終わり平和が訪れると「にほん」が主流に定着した。（略）柔らかく穏やかな響きを持つ「にほん」に対し、促音と破裂音が重なる「にっぽん」は威勢良く響く。（「にっぽん」は）「スポーツの応援にはもってこいだが、…（略）人を元気づけるのは大切でも、国民を鼓舞《こぶ》しすぎて戦前のムードに回帰してはいけない。」

今回のA子さんのカキナーレは02年、日韓共催で開催されたサッカーワールドカップでの応援を取り上げたものだ。戦後社会で、これほど「ニッポン」が大合唱されたのは、この大会からだったように思う。それ以来、「元気のない日本の裏返し」を鼓舞するように「ニッポン」が連呼されるようになった。その意味でも、「ニッポン」の表記が内包する偏狭《へんきょう》なナショナリズムをいち早く指摘したA子さんの、感受性・先見性は頼もしい。「これってナショナリズム？　民族主義？　愛国心？」には、そんな彼女の思いが見られる。

一方、B子さんのカキナーレには、穏やかな響きを持つ「にほん」が語られている。これは、「形だけのナショナリズム」を示す「ニッポン」とは対極にある国＝「にほん」である。「名も無き人々」「焼け野原でふんばってこの国を復興させた人たち」「私に笑いかけた希望や未来ある小さな子」等がいる国である。そんな人々の住む「にほん」を彼女は「この国が好き」だと言い、自分もまた「そんな人として」生きていきたいと、宣言する。

昨今声高に「ニッポン」を叫ぶ政治家達の中にあって、彼女達の「愛国心」は清々《すがすが》しい。

（新聞掲載日　13年1・24　109回）

✣留学✣

「小さな外交官」

（96年高3A子）

その時私は小さな外交官だった。高校2年の9月から一年間、私はノルウエーに留学した。（略）

その年の12月だった。学校と並行して通っていたノルウェー語コースの仲間とクリスマスパーティをした。そのコースに集まる人々は国籍も年齢も滞在理由も多種多様だった。パーティはフランス人のジルの家で行なわれ、それぞれの母国語でクリスマスの歌や得意技を披露しあったりした。その席上、たまたま私の折った鶴が反響を呼んだ。その時、思いがけもなくロシア人のアナが、「つかさを先生にして、折り鶴教室を開こう」と言ったのだ。それから3ケ月ほど、私は2週間に1回のペースで「教室」を持つことになった。ささやかな国際交流ではあったが、それは私には大きな自信になった。

半年が過ぎ、ノルウェー語もだいぶ上達した頃、私に小学校の先生からある依頼が来た。それは、5年生のクラスで、日本について話してほしい、というものだった。ノルウェーの子供は予想以上に日本を知らない。私は日本がどこに位置しているのか、から始め、日本食、学校についてなどを話した。中でも、ノルウェーと日本は同じ面積なのに、日本にはノルウェーのおよそ3倍の人が暮らしている、という話をした時には教室にざわめきが広がった。そして、ここでも私は簡単な折り紙を彼らと一緒に折った。

次の日、子供たちは、「つかさはまた来ないの?」と、先生に聞いていたそうだ。（略）

こうしてノルウェーという国は、私の第二の故郷となった。彼らと一個の人間として付き合い、一緒に笑い合ったあの時、そこに「国境」という名の壁はなかった。

「君という人間を知ることができてよかったよ。」という、最後のお別れ会でのジルの言葉は、私に対する何ものにも優《まさ》るほめ言葉であった。

友好の懸け橋を自覚

A子さんは、95年の春、僕が勤務していた高校の英会話コースに入学した。募集要項では、留学を積極的に取り組むとあったが、それはまだ夏休みを利用して行く程度のもので、行く先も英語圏に限られていた。そんな状況の中、彼女は、高校2年の9月から翌年の9月まで、英語圏でないノルウェーに留学した。

このような彼女の選択は、13歳の時に家族で行ったスペイン旅行がそのベースにあった。その旅で彼女の生来の探求心が目覚め、その目は世界に向けられていったと言う。その結果、選んだ先が、日本ではまだ学ぶことのできない言葉や文化を持つノルウェーだったのである。案の定、彼女が在籍した「ノルウェー語コース」には、フランス・ドイツ・ロシア・チリ・ラトビア等10数カ国からの学生が在籍していた。それに、彼女はその町にいるたった1人の日本人だった、という。

今回のカキナーレには、そんな彼女の体験の一端が語られているが、これは通り一遍の体験でない。正に国境の壁を取り除いた一個の人間と人間のつき合い、血の通った生の体験である。最初の交流は、クリスマスパーティがきっかけで開くようになった「折り紙教室」。二つ目は、地元ノルウェーの小学校で子ども達に日本について話すという体験だった。こうした体験を経ることで彼女の意識には、いつしか日本とノルウェーとの友好の懸け橋、その自覚が生まれていったのである。「その時私は小さな外交官だった。」には、そんな彼女の自負心や、留学への彼女の高い志が読み取れる。

昨今のニュースでは、若者の留学が減っていると聞く。国際摩擦が起きる度に防衛力強化を叫ぶ政治家は多い。しかし、こんな時こそ彼女のような志の高い留学生が出てきて欲しいと思うことしきりである。

（新聞掲載日　13年3・14　112回）

✣ 伝統行事 ✣

「お盆」

（99年高３Ａ子）

私は小学生の時、島根県松江市からおばあちゃんの住む京都に引っ越してきた。そんな私の京都の思い出というと、なんと言ってもお盆のことだ。

おばあちゃんが住む東山の家の近くにはたくさんのお寺や神社があった。そこは毎年お盆になるとたくさんの人でにぎわう。その中の一つのお寺、珍皇寺では、毎年その頃になると鐘つきをする。その鐘をつくと死んだ人が必ずお盆に迷わずこの世に帰って来られるというお迎え鐘である。

その鐘をならすのは結構むずかしい。私は高校に入った頃、やっとならせたぐらい。何かテクニックがあるらしいが、そのテクニックは、いまだにわからない。ところが、私のひいおばあちゃんはすごかった。（略）彼女はもう90歳をこえていたのだがすごい音をだした。力は私の方が強いのに。

それともう一つ、そこのお寺には、年に一度、お盆の時だけ見られる掛け軸がある。それは、ずいぶん古いもので、母も子どもの頃に見ているし、もちろんお姉ちゃんも見ている。その掛け軸には天国と地獄の絵が描いてある。それも結構リアルに描いてある。私が子どもの頃、よく「うそをつくと閻魔《えんま》様に舌を抜かれて、もっと怖い所に連れて行かれるんだよ」と言われた。今から思えば子どもだましである。けど、最近私もまだ小さいいとこを連れて掛け軸を見に寺に行くが、その時、昔ひいおばあちゃんに言われたと同じ事をごく自然に言っている自分を発見する。また来年も来て、私は同じ事をするに違いない。(略)私も、自分の子どもを連れてお参りに行く時までに、お迎え鐘をきれいにならせるようにしておきたいものだ。
それじゃ、やっぱり来年も行かなくては。

心動かす言葉の重み

祇園祭の熱気がおさまる7月の下旬、京都の町中には六道《ろくどう》まいりのポスターが多数見られるようになる。六道まいりは、ご先祖の霊をお迎えする盆行事だが、それで有名なのが東大路の松原を西に入った六道珍皇寺。今回のカキナーレの舞台だ。

この寺は六道の辻といって、あの世とこの世の境、冥界《めいかい》の入口に建っている。六道詣りは8月7日～10日に行われるが、この間、先祖の霊を迎い入れる鐘の音は終日鳴りやむことがない、と言う。

A子さんの文章に誘われ、7月某日、珍皇寺に出かけた。丁度特別展が開催されていて地獄極楽図を間近に見ることができた。死者は生前の善悪の業によって閻魔《えんま》大王に裁かれ、地獄、餓鬼・畜生等の六種の冥界に送られる、という仏教の教え。そんな世界が描かれた掛け軸。ふと、ひいおばあさんが彼女に語る姿が目に浮かんだ。

問題の「迎え鐘」だが、鐘は囲いですっぽり覆われていて外部からは見えない。そのためここの鐘は撞木《しゅもく》につないだ引き紐を引っ張ってつく。つまり、打ちならすのではなく手前へ引きならすのだ。彼女の力よりひいおばあさんのテクニックが勝るわけがわかった。

ところで、今回、注目したいのは、地獄極楽図を子どもだましと言っていた彼女が、高校生の今、なぜ「ひいおばあちゃんと同じ事をし」「自分の子どもを連れて…」とまで気持ちが変化したのか、という点だ。

今回珍皇寺に出かけて気づいたことだが、その要因は、京都人の生活の中にとけ込んできた1200年の京都の歴史や文化、換言すれば、そういう歴史文化を身体にしみ込ませたひいおばあちゃんの存在だったのではないか。地獄極楽図を見ながら「うそをつくと閻魔様が…」と話す、ひいおばあちゃんの言葉の重み。それが彼女の心を動かした。きっと京都のさまざまな伝統行事もこのようにして次世代に受け継がれてきたのだろう。

8月16日。先祖の霊は、大文字の送り火に送られて冥界に戻っていく。これを境に京都の町は夏から秋へと移っていくのである。

（新聞掲載日　13年8・8　122回）

「はだしのゲン」

（05年大3年A子）

「初めての8月6日」

私にとって記憶に残っている一番古い8月6日は、こんな日だった。

夏のある朝、父がまだ幼かった私を呼んだ。父は気を付けして立っている私に、

「はい息止めて」と言った。

私は何がなんだかよくわからずに息を止め、その後理由を父に尋ねた。

「爆弾が落ちたんだよ」と父は答えた。

「今落ちたの!?」驚く私に父は、

「今落ちたら大変なことになるよ」

と少し困ったように笑った。

あれから何年経ったのだろう。私は成長するにつれて、「はだしのゲン」のようなマンガを読んだりしていろんなことを知った。爆弾とは原子爆弾であったこと、そのたった一個の爆弾のせいでたくさんの人が亡くなり、その後も苦しめられながら生きなければならなかったこと等々。

そして、今思うのは、8月6日は、幼い頃から私の中にあり、とても身近なものだったということだ。広島で暮らしている時には気づかなかったが、広島という地で私は原爆というものと隣

り合わせに育ち、平和とは何かを常に教えられてきたのである。そのことをあらためて感じたのは、大学に入学して他府県の友達と関わっていく中であった。その時まで、日本の子どもたちはみな、広島で行われているような平和教育を受けてきたと思っていたからだ。そうではないことを知ったときは、衝撃を受けた。

それからというもの、原爆関係のものに触れると、私の中である感情が生まれるのだ。私も広島っ子として伝えていかなければならない、あの8月6日のことを――と。

私もこの世に何らかの形でそれを伝えていきたい。

戦争を風化させない力

今年の8月、ヒロシマとナガサキは69回目の原爆の日を迎え、平和記念（祈念）式典が開催された。この式典は、原爆投下による悲惨な状況を世界に知らせ、平和の尊さを日本人のみならず世界の人々に訴えかけてきた。だが、A子さんのカキナーレを読みながら、私の脳裏を駆けめぐっていたのは、昨今の式典は、繁栄と飽食の社会の中で形骸化し、風化してきているのではないか、という思いだった。とりわけそんな思いになったのは、松江市教育委員会が、市内の小中学校の図書室で中沢啓治氏のマンガ「はだしのゲン」を子ども達に閲覧させないように学校長に通達を出したというニュースを聞いたことだった。

自身の被爆体験を元に原爆の恐怖や戦争の悲惨さを訴えた中沢氏の「はだしのゲン」。A子さんも読

んだこのマンガは、これまで20年あまり平和教育の教材として学校でも家庭でも受け入れられてきたものだ。だが、松江市教委は「旧日本軍がアジアの人々の首を切るシーンがある」という理由をあげて、突如、生徒たちの自由閲覧を禁止したのである。

その背景に、そうした負の事実を隠蔽《いんぺい》することで日本人の加害責任をもみ消そうとする試みが隠されているように思えてならない。私は、以前ソウルのパゴダ公園で見た10枚のレリーフを思い出す。そこには日本からの独立を宣言した朝鮮民族を日本刀で弾圧し殺害する日本兵があった。（1919年の3・1万歳事件）痛みを受けた側の苦しみは決してもみ消すことは出来ないのである。

その点、「はだしのゲン」は、被爆者の視点からだけでなく、日本人の加害責任にまで追求している点で、すぐれたマンガと言える。

毎日新聞の8月20日の社説に「作品に残酷な描写があるのは、戦争や原爆そのものが残酷であり、それを表現しているからだ」という一文があったが、こうした認識こそ、戦争や原爆を風化させない力なのだ。

今、A子さんは夫君と2歳になる長女とタイにいる。今回のニュースをどんな思いで受けとめているだろうか。

（新聞掲載日　13年8・29　123回）

人種による人格否定

（09年大2年A君）

私は純粋な日本人ではない。体質、遺伝的には朝鮮民族ということになる。しかし生まれも育ちも日本で、法的にも日本人だ。だから私自身、朝鮮人だという実感がいま一つ湧かない。小中高と日本の学校に通ってきたので反日思想があるわけでもない。もちろんハングルもペラペラという訳でもない。

「微妙な違い」

しかし、日本人としての確信が持てている訳でもない。その理由は今流行りの嫌韓ブームにある。その手の本やインターネットのサイトでは「朝鮮人」は必ずしも好ましく書かれてはいない。過激な部類では、殆ど誹謗《ひぼう》中傷を吐く人までいる。そしてその誹謗中傷の中の「朝鮮人」に「私」が含まれるのか、彼らは私を何人とみなすのか、という不安が、私に日本人としての自信を無くさせている。

私はお天道様に誓って、他人様に後指を指される事はしていない、はず。なのに劣等民族だの犯罪者だの言われて全く面白くない。彼らは何を指して私をそのように決めつけるのか。確かに、一部の「朝鮮人」が、北朝鮮の拉致《らち》問題に見られるような、犯罪行為をしているのは解かる。しかし私はしていない。何で私まで攻撃されなければいけないのか。

一度、ネット上でその疑問をぶつけてみた事がある。返ってきた答えは「同胞として恥ずかしくないのか云々《うんぬん》」というものだった。

もし犯罪を犯した朝鮮人が何千万の「朝鮮人」全体の同胞であるなら、全人類が人種を問わず、犯罪者の同胞になってしまう。人種が同じだけで同胞扱いされては身も蓋《ふた》もない。そしてそれ以上に怖いのは、もし親しい友人が、人種や生まれだけで私の人格を否定するような心の持ち主だったら、私の人種が知られれば関係は簡単に崩れてしまうかもしれない。正直この文章もそんな不安を感じながら書いている。でも、できるだけ本音を書いてみた。

人類普遍の「恐れ」

04年に「冬のソナタ」が放映されて以来、日本で韓流ブームが起こった。だが、A君も書いているように、その一方で嫌韓ブームも起こっていた。

今月7日、京都地裁で注目すべき判決があった。09年、京都朝鮮第一初級学校前で数々の暴言（いわゆるヘイトスピーチ）をした団体に対する、「人種差別に該当」の有罪判決である。彼らは「朝鮮学校を日本からたたき出せ」「何が子どもじゃ、スパイの子どもやんけ」などという民族的出自を理由にしたヘイトスピーチで教職員・子ども達を脅したのである。

今回の判決で詳しくその事実を知ったのだが、法治国家の日本でこんな行為が公然と行われている事に戦慄《せんりつ》を覚えた。今回の判決結果にホットしたが、その一方で在日朝鮮人の方々の不安・怒りを思った。

今回の筆者A君は、朝鮮が出自で国籍が日本という学生だ。そんな彼にとって、嫌韓本やネット上で「劣等民族」、「犯罪者」などと誹謗中傷されることは不快なのは言うまでもない。が、それにも増して彼が不快だったのは、朝鮮人を十把一絡《じゅっぱひとから》げにして全否定するものだったことだ。こうした暴言は、北朝鮮拉致事件等を念頭に置いたものと思われる。しかしそうした事象にかこつけて全朝鮮人を否定するやり方、「同胞として恥ずかしくないのか」という彼らに、次のように反論する。

「もし犯罪を犯した朝鮮人が何千万の朝鮮人全体の同胞であるなら、全人類が人種を問わず、犯罪者の同胞になってしまう。」ではないか、と。それゆえ、彼は最後に、人種や生まれで人間の人格を否定する風潮への恐怖を綴るのだが、これは人類の普遍の「恐れ」であることは言うまでもない。

（新聞掲載日　13年10・24　127回）

おはぎ屋の閉店

「見栄っ張り京都人」

（98年高3A子）

藤井大丸の前にあった寺町通りの○○屋（おはぎで有名な大阪資本の庶民的なチェーン店）は、今は、パソコンソフトの専門店となっている。開店から客がつかないままいつの間にかシャッターが閉まったままとなっていた。パートのおばちゃんが、「おはぎおいしいですよー」と蚊の鳴くような声で客引きをしていたのがなつかしい。

思い返してみれば、○○屋に客がまともに来たといえるのは、開店初日の全品半額の時だけだった。半額でなくなれば、客は日増しに減り続け、暇そうなおばちゃんの横で、せいろがむなしく湯気を立てているばかりだった。そして、閉店へと追い込まれたのである。

考えて見れば、実にこれはおかしい。立地条件も悪くないし、何よりも商品の安さで、客はひっきりなしに来るはずだ。経営者もそう考えたに違いない。だが、とんだ誤算であった。その経営者は京都人が見栄っ張りだということを知らなかったのだろうか。うちの近所（下京の四条界隈《かいわい》）は、昔から古い家が多く、頭のかたい連中が集まっているから、特に見栄っ張りな人間が多い。その連中は、老舗の京菓子屋に行く。まして、よそさんへ持っていくとなるといっそうひどい。とにかく、贈り物までもいい恰好をしたいのだ。○○屋閉店までの一部始終を見て、私は京都人のいやらしさというか、そんなものを垣間見たような気がした。

と言っても、まあ、私も老舗のお菓子を愛好する生粋の京都人なのである。

珠玉のごとき矜持

他府県からやってきた企業の営業の人は、「京都は商売がむずかしい」と言う。その理由は「値段が安いだけでは商売にならない。それまでの付き合いの深さや人間性なんかが評価されて初めて取引が始まる。値段が高い安いだけではない。」というのだ。

さて、今回のA子さんのカキナーレもそんな京都人の一面をさりげなく描写したものだ。そして、今回のキーワードは、彼女が四条界隈《かいわい》に住む生粋《きっすい》の京娘であることだ。

彼女は四条界隈について「昔から古い家が多く、頭のかたい連中が集まっている」と説明しているが、祇園祭に代表されるように京都の中でも最も伝統を継承し守っていこうとする気風の強い地域である。それに、四条通りは、銀行やデパート、一流のブティック、老舗の和菓子屋がひしめく、いわば京都を代表するメインストリートでもある。そこに、突如（？）新参の大衆向けのおはぎ店が出現した、のである。しかし、立地、商品価格共に抜群の条件の店舗だったにも関わらず、あえなく撤退を余儀なくされた。その一部始終を見ていたA子さんは、そこに「見栄っ張り」な京都人を見てとったのである。

ところで、この「見栄っ張り」は、辞書的な意味でいえば「他人の思惑を考えて表面を飾る」だ。ここでは「本当は買いたいのを我慢するいい格好しい」の意となるが、どうもこれだけじゃ納得がいかない何かが残る。

その「何か」に、最近やっと気づいた。

この「見栄っ張り」は、京都人の「矜持」、つまり「プライド」と関連しているのではないか、ということだ。四条界隈といえば、京都の顔。その一等地に安売りを掲げる新参のおはぎ屋が来た、そう考えた京都人たちは、不快に思ったのではないか。それに対する無意識の抵抗が……。それをA子さんは京都人の「いやらしさ」と言ったが、最後に「まあ、私も（略）生粋の京都人なのである」と本音を吐露しているように、彼女も又、立派な「見栄っ張り」京都人だ。
何もかもが経済性が優先される現代日本にあって、京都人の矜持《きょうじ》は珠玉のごとき存在だ。

（新聞掲載日　13年11・7　128回）

✣感動・涙・怒り・笑い✣

「カキナーレ」

（10年大3回A子）

自分が思ったまま作文を書いたのは初めてで、しかもまさか大学生になってこのように面白い作文を書けるとは思っていなかった。カキナーレに出会って文章を書くことに初めて楽しさ・面白さを見出せた。（略）

私は幼い時から国語の教師になりたかった。でも、一つ自分の中でいつもひっかかることがあった。それは作文が嫌いだと言う事だった。いつもいつも書くことが思いつかなくて、文章の構成がぐちゃぐちゃでも苦し紛れにいろいろ書いていた。高校生になって作文を書く機会はあまりなく、作文という存在にもあまり気にかけていなかった。

ところが大学でカキナーレ先生に出会って再び作文が私にのしかかってきた。しかし、カキナーレ先生と出会えたことは私の転機であったのだ。カキナーレでの作文は実に書きやすく自分でも驚くほど楽しかった。カキナーレにもっと早く出会いたかった。私は教師になったらカキナーレを生徒たちに書かせたいと思う。

カキナーレ先生に私もなるでー！

（00年高3B子）

「元気のバロメーター」

最近気づいた。毎日の生活がゆううつになると、カキナーレのネタはなくなる。正しくはいくらでもあるんだけど気づけなくなる。今ちょっとそれ状態。きっと心に余裕がないんだと思う。

今まで私がカキナーレに書いてきたことは本当に小さな小さな、ささいな事ばかりだったのだと改めて実感する。そして、生活の中のそんな小さなことに目を向けて感動できる自分をほんとにすごいと思った。

カキナーレがたくさん書けるってことは、私の場合、毎日が楽しい証拠だ。いわば、カキナーレは元気のバロメーターである。きっとまたたくさんのネタを思いつくだろう。

文章を書く楽しさ

08年から始まったこの連載も今回で終了します。丸6年という長期になりましたが、高校生・大学生諸君のカキナーレがあったればこそ。取り上げた作品は200編あまり。作品の題材は家族・生きる・日常一般・恋・教師・友達など。また、取り上げられている対象も、今を生きるごく普通の若者やごくありふれた平凡な出来事でした。だが、それらがカキナーレとして取り上げられた途端、命がふき込まれ生気あるものに生まれ変わります。感動、涙、怒り、笑いまでありました。彼等の本音が吐露されていました。

なぜこんなことが起こったのでしょうか。

その秘密を解き明かしてくれているのがA子さんのカキナーレです。冒頭段落にそのすべてが書かれています。要は、カキナーレに出会って初めて文章を書く楽しさを知った、と言うのです。それ以来、彼女は「嬉しかったこと、悲しかったこと等、何か感じるたびに『これはカキナーレのネタになるぞ!』とついカキナーレのことを考えることが多くなった」というのです。将来、国語教師を目指している彼女にとって、「作文が苦手」は許されません。それが、今では「カキナーレ先生に私もなるでー!」と、宣言するまでになっています。

B子さんの場合、高1からカキナーレに接していたので、カキナーレは生活の一部となっているのが分かります。そんな生活の象徴が「いわば、カキナーレは元気のバロメーターである」の一文です。

現在の学校は受験一辺倒。書くことの楽しみを知らないカナリヤたちでいっぱいです。そんな状況に失望していた矢先、「先生、授業でカキナーレの実践をしました。８月に持っていきます」というメールが届いた。４年前に公立中学校に奉職したＫ君からだった。失望するのはまだ早かったようです。

それでは皆様、長期間のご愛読ありがとうございました。ごきげんよう、さようなら。

（新聞掲載日　14年7・31　最終回146回）

あとがき　出版まで10年、思い出すことごと

本書の元になった新聞連載の原稿の第一読者は、女房だった。新聞読者に分かりやすい文章でお届けするというハードルを超えるには、女房の存在がどうしても必要だったからだ。実はこれが実にきついハードルで、「誤字・脱字・てにをはの間違い」から作品批評の僕の文章の良し悪しまで遠慮なく指摘してくるのであった。その度に何度口論したことか。原稿提出後、2〜3日口を利かないこともあった。こんな事情があったので、本にした時には、第一読者の女房と共に祝いたいと決めていた。

ところが、新聞連載終了から5年。2015年4月、女房が突然倒れた。その日の夕飯時、2階の書斎から下に降りていくと、トイレの前に、女房が口から吐しゃ物を出して倒れていた。名前を呼んだが反応はない。思わず顔を口に近づけ息をしているかどうか、確かめた。かすかだが息をしていた。「よかった!」と思った。と同時に、不思議なことだが、「カキナーレ本」の出版のことを思った。まだ本は出版できていない、出版までは、何としても生きていてほしい、と強く思ったのである。

幸い、女房は回復したが、あっという間に又5年余りの時間が流れてしまった。しかし今、こ

うして本書を上梓することができ、嬉しさをかみしめている。

ところで、新聞連載のコメント執筆で、忘れられない取材活動について一言書いておきたい。ほとんどの作品は、その必要はなかったが、そのいくつかは、現地取材を試みた。

例えば、「彼女へのプレゼント」（恋愛編）の時は、プレゼントにする脱毛マシーンがどんな物であるか、全く知らなかったので、デパートの化粧品売り場に出かけ、女性客の中に一人混じって女店員に脱毛マシンの説明を聞いたりした。また「勇気あるお人」（日常編）の時は、D百貨店に出かけた。地下食品売り場に行き、レジがどんな風にあって、どのように買い物客がレジに並ぶのかを、すこし離れた場所から、30分ほど観察したこともあった。その取材で分かったことは、レジ台毎にお客が並ぶという方式でなく、左右にレジ台がある前に、お客が一列に並ぶ方式だった。これでは、「勇気あるお人」の著者のような行動をとるお客も出てくる、と実感した。今では懐かしい思い出である。

もう一つ新聞連載中で忘れられないことは、ネットでの炎上である。新聞連載とは別に新聞社がネットに記事を配信するサービスだが、そこに「カキナーレ」の連載もアップされていた。「初体験」（日常編「チカン」）の時、炎上した。（炎上後、新聞社の方から知らされた）

女子高生たちにとって通学時の満員電車は、例えは少し過激だが、子羊と猛獣が一緒に積み込まれた檻といってよい。子羊たちは、チカンという「猛獣」が、いつ、襲ってくるかわからないので、下車駅までの時間、全身ハリネズミにして脅えているのである。そんな危険な状況を、女子高生の側から少し」滑稽に描写し、批判したのが、この作品だった。

だが、ネットの中傷者たちは、文中の「でも中年のオジさんよりかは全然イイかも」（注・猛獣が若い大学生だったこと）という一文だけを取り上げて、これはチカン行為を是認する言葉だ（と決めつけて）、指導者（僕の事）は、そんな言動を何の諫めの言葉も入れずに、作品を紹介しているのは、「桃色」教師であるし、又これを掲載する新聞社も「桃色」新聞である、と攻撃をしてきたのである。むろんいわれなき中傷誹謗であるが、こうした匿名のネットの攻撃というのは、全く手に負えない。ネット上の炎上というのは、今では日常茶飯事に起きているが、当時は、まだ珍しかったので、いささか驚いた。しかし、その時のO支局長さんの「気にしないで下さい。放っておきましょう」とだけ言って、泰然自若とされておられたのは、とても頼もしかった。以来、ネットであれ他の媒体であれ、「匿名」の攻撃には、全く信用しなくなった。

ところで、本書中の女子高生の作品の出典だが、簡単に記しておきたい。原典は二冊ある。一つは、2001年発行の『カキナーレ 女子高生は表現する』（東方出版）。もう一つは、2010年発行の『カキナーレ・姉妹編』（自費出版）である。そして、大学生作品は、大学の講義中に提出されたものの中から適宜選んだものである。

最後になったが、本書の主役であるカキナーレの書き手である生徒や学生たちに紙面を借りて深甚よりお礼を申し上げたい。今はもう社会人としてそれぞれの人生を歩んでおられると思うが、カキナーレを通して味わった書くことの喜びを今なおもち落ち続けておられることを願っている。

大学卒業後、教師となり、カキナーレ先生になっている方もいる。願わくば、作文指導を国語教育の中心に据えるような教師になって欲しい。

そしてまた、人生で最もはじけた時に女子高生だった筆者たちへ。本書が、あなた方が、かって青春を送った学び舎やそこでの思い出を甦らせるきっかけになってくれることを願っている。この書は、カキナーレ本の集大成である。

深谷純一

深谷純一（ふかや・じゅんいち）

1942年に東京の目黒に生まれる。地元の公立中学校を経て、明治学院高校に入学。そこで生涯の師・大河原忠蔵氏（国語教師）と出会い、文学作品の「読み」から「書く」ことにつなげて行く作文教育の重要性を学ぶ。60年、師の影響で教師になることを決め、早稲田大学教育学部の国語国文学科に入学。しかし大学生活は、部活として入部した山岳部が学生生活の中心となる。とりわけ60年11月の富士山合宿で雪崩に遭い、九死に一生を得たことは、以後の人生に大きな影響を及ぼした。

大学卒業後、高校教師として京都の私立「成安女子高校」（現在は京都産業大学付属中高校）に赴任。主に現代文・表現指導を担当する。作文指導に力をいれていたが、1996年から始めた「カキナーレ」の実践で、ようやく作文教育の醍醐味を知ることが出来た。

成安を退職後、同志社大、大谷大、佛教大などの非常勤講師として、国語教師志望の学生たちに作文教育の面白さ知ってもらうためカキナーレを実践してもらった。

主な研究活動としては、「日本文学協会」（国語教育部会）に所属して活動。また自主活動では、京都の国語教師たちと国語研究サークル『土曜日の会』を立ち上げ、月に一回の例会を31年間続けた。現在は、社会福祉ボランティア団体「カキナーレ塾」を主宰し、「カキナーレ通信」の発行（年3回）や読書会・教育集会・朗読会等を実施している。

主な著書：『揺り起こす文学教育』（法律文化社1987年刊「土曜日の会」編・共著）／『カキナーレ　女子高生は表現する』（東方出版2001年刊）／『姉妹編カキナーレ』（自費出版2010年刊）等。本書のベースになった毎日新聞（京都版）連載の「若者の本音ノート・カキナーレ」は、2008年5月から月2回の掲載でスタートし、2014年7月（146回）で終了した。

カキナーレ　若者の本音ノートを読む

2021年11月18日　初版第1刷発行

編著者　深谷純一
発行者　稲川博久
発行所　東方出版㈱
〒543-0062　大阪市天王寺区逢阪2-3-2
Tel. 06-6779-9571　Fax. 06-6779-9573

カバーイラスト　坂本伊久子
装丁・組版　寺村隆史
印刷所　シナノ印刷㈱

乱丁・落丁はおとりかえいたします。
ISBN978-4-86249-420-7